Nippon所蔵

Nippon所蔵

Nippon所蔵

日本散策。一〇〇景。

Nippon所蔵
日本散策100景。

[目錄 Contents]

Chapter 1

季節風物詩

Chapter 2

列島巡禮

Chapter 3

三大傳統玩樂指標

日本散策 100 景 ／ 新井芳子、新井健文、蔡明樹作.
－ 初版. － 臺北市：日月文化，2017.06
144 面；21×28 公分. －（Nippon 所藏；6）
ISBN 978-986-248-647-4（平裝附光碟片）

1. 日語　2. 旅遊　3. 讀本

803.18　　　　　　　　　106006190

9 789862 486474

作者　新井芳子、新井健文、蔡明樹
譯者　新井芳子、新井健文、蔡明樹
企劃　顧采妮、林農凱
責任編輯　周君玲
校文　蔡明慧
配音　周君玲、蔡明慧、今泉江利子、須永賢一
視覺設計　簡單瑛設
內頁排版　許紘維
錄音後製　純粹錄音後製有限公司
圖片　shutterstock
發行人　洪祺祥
副總經理　洪偉傑
副總編輯　曹仲堯
法律顧問　建大法律事務所
財務顧問　高威會計師事務所
出版　日月文化出版股份有限公司
製作　EZ 叢書館
地址　臺北市信義路三段 151 號 8 樓
電話　(02) 2708-5509
傳真　(02) 2708-6157
客服信箱　service@heliopolis.com.tw
網址　www.heliopolis.com.tw
郵撥帳號　19716071 日月文化出版股份有限公司
總經銷　聯合發行股份有限公司
電話　(02) 2917-8022
傳真　(02) 2915-7212
印刷　禹利電子分色有限公司
初版　2017 年 6 月
初版 14 刷　2023 年 6 月
定價　350 元
ISBN　9789862486474

全書音檔線上聽

Chapter 1

季節風物詩

桜の名所は日本全国に枚挙に暇がないほど数多くある。東京だけに絞っても、1、あまりにも多いため、すべてはとても紹介しきれないが、有名なのは飛鳥山、千鳥ヶ淵、新宿御苑、上野公園などだろうか。東京郊外でも聖跡桜ヶ丘や国立の桜並木などがよく知られている。

日本ではあまりにも桜が身近すぎる 2 と言える。所謂 3、桜の名所と呼ばれるものはあれど、そこへ行かなければ堪能 4 できないというものではない。桜は街々の何処かしらにあり、三月の終わりに咲いて四月のはじめに散ってゆく花として認識されている。

このように桜は日本人にとって昔から身近にあったため、お花見などの行楽は勿論、文学や音楽、絵画といったものの題材にも数多く取り入れられて 5 きた。そんな身近な花である桜だが、身近故に軽んじられる 6 などということはなく、むしろ日本人にとっては非常に特別な花として認知されている。すべての花の代表として考えられていると言っても過言ではない。

日本における桜の種類はたいへんに多いのだが、現在一般的に言う「桜」とはソメイヨシノという品種を指す。葉が出る前に花が咲くため、とても見栄え 7 が良く、咲いている期間はごく短く、散るまでが早いのが特徴だ。明治期以降、日本中に爆発的 8 に広まった。このソメイヨシノは江戸末期に現在の東京都豊島区駒込にあった染井村で生まれた品種だ。現在に生きる我々には意外に思える事実だが、桜の代表と思われているソメイヨシノはまだ誕生から百五十年ほどしか経っていない。

枚挙に暇がない　不勝枚舉

健康に害のある食品は枚挙に暇がないほどある。
對健康有害的食品多到不勝枚舉。

こうした事件は枚挙に暇がない。
這類事件可說不勝枚舉。

～と言っても過言ではない　說～也不為過

彼の若い頃は野球ばかりだったと言っても過言ではない。
他年輕時可說完全沉迷在棒球中也不為過。

短いCMの中にひとつのストーリーがあると言っても過言ではない。
說在簡短的廣告中有個故事也不為過。

日本全國的賞櫻名點可說不勝枚舉，光在東京內就多到介紹不完了。最有名的應該就是飛鳥山、千鳥淵、新宿御苑、上野公園了吧。東京郊外還有聖蹟櫻丘或國立市櫻並木等著名景點。

在日本，櫻花可說是與人們十分貼近。雖然有所謂的賞櫻名點，但不是說非得去到那裡才能享受賞櫻樂趣。櫻花一定存在於大街小巷的某處，一般認為是在三月末開花，四月初便凋謝。

對日本人來說，櫻花就像這樣從以前便近在咫尺，所以賞櫻等出遊活動外，文學、音樂、繪畫等領域也時常以櫻花為題材。雖然櫻花隨處可見，但日本人並沒有因此而不當一回事，反而將之視為特別的花，說是百花之首也不為過。

日本的櫻花種類極其多，但說到櫻花一般指的是「染井吉野櫻」這個品種。此品種的特色是在發葉芽前就會先開花，且開花期相當短，很快就凋謝了。明治時期後突然而迅速地普及到全國各地。這種染井吉野櫻是在江戶末期，今日東京都豐島區駒込的染井村研發的品種。最具代表性的櫻花品種竟誕生一百五十多年而已。這事實對現代人來說可能很意外。

SAKURA ⁰¹

桜
櫻花

さくら

1. 絞る　集中，縮小　　2. 身近すぎる　過於貼近　　3. 所謂　所謂　　4. 堪能する　盡情，滿足

5. 取り入れる　採納　　6. 軽んじる　輕視，不注重　　7. 見栄え　外觀　　8. 爆発的　爆炸性地

在那之前的日本，說到櫻花指的是山櫻，在台灣也有分布。山櫻與染井吉野櫻不同的是，開花同時也會長出嫩葉，且開花期有個體差異，最長可連續開花兩個多月。最有名的山櫻名點應該是奈良的吉野山吧，平安時代有許多歌人以吉野之櫻為題詠唱詩歌。

最能表現日本人這般感性的和歌，是《古今集》（九○五年）中紀友則這首吧。

「日光普照春日開　惟櫻花慌急謝落」

或許有許多人知道《百人一首》也有收錄這首名歌，《古今集》中記有「觀櫻花凋謝」的解釋，可窺見當時的常識中講到花指的就是櫻花。歌詠唱的是，春天的悠閒午後，不知為何只有櫻花急著凋落的情景。一邊疼惜落櫻一邊讚嘆其美麗，這首和歌顯露這許多寂寥卻又不失穩重平靜的感覺。從歌中可以了解從古至今對日本人而言，櫻花就是注定凋落的花，成為事物不可能永存的象徵。正因為無法永存終將邁向滅亡，將那剎那瞬間視為一種美的美學。感受不會永存的美麗，享受這珍貴無比的當下，便是所謂活著的喜悅。可說中世日本人從惜花的行為中，找到了生存的喜樂。

若春天有機會造訪日本，不妨將這觀念放在心中一隅，再來賞櫻吧，說不定就能了解日本人對櫻花的那份深厚的感情。

＊註：平安前期的歌人、官人。生卒年約為八五○年～九○四年（確切年份不詳）。

＊註：編者為藤原定家。定家是平安末期到鎌倉初期的著名歌人。收錄從天智天皇到藤原定家時代，優秀歌人一百人的短歌，簡單講就是那時代的「短歌精選」合集。完書於一二三五年左右。

～における　在～之中

野球界における彼の名声は何年経っても衰えることはない。

在棒球界中他的名氣不論經過幾年都未見衰減。

日本における国花は桜か菊か、どちらなんだろう。

日本的國花究竟是櫻花還是菊花呢。

～し得ない　不可能～

地震や災害は予測し得ない。

地震、天災都難以預測。

宇宙人なんて、存在し得ないよ。

外星人才不可能存在。

それまでの日本における「桜」とは、山桜を指していた。台湾にも分布している桜だ。こちらはソメイヨシノと違い花が咲くのと同時に若葉が芽吹く1。また開花時期に個体差があり、二ヶ月ほどの長期間に渡って2咲き続けるのが特徴だ。この山桜の名所として名高いのが奈良県の吉野山だろう。平安時代には多くの歌人が吉野の桜を題にして、歌を詠んでいた。

この日本人的感性がよく現れた和歌が『古今集』（九○五年）の紀友則*のこの一首だろう。

「久方の光のどけき春の日にしづ心なく花の散るらむ」

『百人一首』*にも選ばれているたいへん有名な歌なので、ご存知の方も多いのではないだろうか。『古今集』には「さくらのはなのちるをよめる」と記されており、花といっただけで、それは桜のことを指すのが常識になっていたのが窺える3。春の穏やかな日の午後に、この歌から判るように古くから日本人にとって桜とは散るものであり、永続し得ないものの象徴だった。

なぜゆえに花は急ぎ散ってしまうのか、と詠んだ歌だ。散る桜を惜しみつつもその美しさを讃えていて、若干の寂寥4を漂わせ5ながらも穏やかさを感じさせる歌だ。

永遠に残ることなく滅び行くからこそ、その一瞬、一刹那6が美しいという美の捉え方。永続しない美しいものに触れるということは、たいへん貴重なかけがえの無いものを今だけは享受できているということで、これは即ち生きていることへの喜びであろう。中世の日本人は花を愛でる7という行為に生きる喜びを見出していたといえる。

春に日本を訪れることがあるなら、これらのことを頭の片隅にちょっとだけ置いて桜を眺めてみてはいかがだろうか。日本人の桜に対する思い入れ8がわかって頂けるかもしれない。

---

1. 芽吹く　冒出新芽　　2. 渡る　連續，經過　　3. 窺える　了解　　4. 寂寥　寂寥

5. 漂わす　顯露　　6. 一刹那　刹那間　　7. 愛でる　愛惜，疼愛　　8. 思い入れ　深思，深深的情感

COLUMN

また散り行く美に触れた喜び以外にも、桜に対しては散ることを惜しむ、仕方の無いことだと諦めつつもなお惜しむ気持ちが漂っているのも注目すべき点だ。この哀切の情感を強く詠った歌人に西行＊がいる。

「ながむとて花にもいたくなれぬれば散るわかれこそ悲しかりけれ」

桜をじっとみて思いに耽るうちに花がすっかり心に馴染んでしまったので、散ってゆく花との別れが悲しい、というような意味だ。西行は「桜の歌人」と呼ばれるほどに、桜についての歌を多く詠んでいる。全体的に哀切や苦悩を感じさせる歌が多く、現代でも人気の高い歌人として知られている。

そしてこの時代の桜といえば、上述した通り山桜のことで、西行がじっと見続け、物思いに耽っていられたのも、開花期間の長い山桜だったからこそと言えるかもしれない。紀友則の歌にあるように古い時代の花見というものは、ゆったりとした雰囲気で、また西行の歌にあるように長くじっくりとその楽しみを味わうものだった。

このように日本人は桜に対して、美しいものに触れる喜びと、散ることへの哀切を基調とした美意識を古くから持ってきたと言えるだろう。そしてこの美的感覚は桜に対してだけではなく、四季折々の花鳥風月すべてに向けられていると言ってよいかもしれない。この感覚は現代の日本人まで脈々と受け継がれている。

山桜は中古・中世・近世の多くの文芸作品の題材となり、近代になってからの「桜」を築き上げ、日本人にとってのソメイヨシノがそれに取って代わった。この大きな桜の変革によって、日本人の桜に対する美意識もわずかながら変化を見せた。哀切の観念がやや軽くなり、人との別れの哀しみを散る桜へと仮託する風潮がむやみに強調されることが多くなってきた。流行歌などに見られる安っぽいセンチメンタルさなどが例として挙げられる。しかし日本人が桜と聞いて想起するもの、その美的感覚の本質は上に述べた通りの観念が大きく占めていることと思われる。

另一個值得注意的是，除了對能感受到逐漸消逝的美的喜悅外還有對櫻花凋落的遺憾，以及明知無力挽回，放手的同時仍留有的惋惜之情。西行就是一位詠出這種強烈哀愁的歌人。

「凝神久望已親花　落時離別促傷悲」

一直賞著櫻花並陷入沉思，不知不覺間櫻花的身影已烙進心裡，又要與落花道別實在令人感傷。西行別稱「櫻之歌人」，詠唱了許多關於櫻花的和歌。他的歌整體充滿著哀愁苦惱的氣氛，在現代也是相當有人氣的歌人。

說到這個時代的櫻花，如同前篇所述是山櫻，所以西行能一直觀賞到陷入沉思，也只有開花期間長的山櫻才能做到。古時候可以慢慢地仔細地品味其樂趣。

或許可以說自古日本人對櫻花所抱有的審美觀，是以欣賞美麗事物的喜悅，以及對於逝去的哀傷所構成的。這種美學不只對於櫻花，也投射於四季時節各種景物，並代代傳承到現代的日本人身上。

山櫻成為中古、中世、近世許多文藝作品的題材，建立了日本人對「櫻花」的概念，到了近代才由染井吉野櫻取代。這巨大的櫻花變革，也讓日本人賞櫻的美意識多少出現了一些變化。如今哀愁的情緒變得較薄弱，將別離的哀慟以櫻花來比擬的風氣被輕率地強調，在流行歌中便隨處可見到這種廉價的感傷。不過日本人聽到櫻花時湧出的情懷，那美感的本質，我想上述解釋的觀念仍占有其大半吧。

＊註：平安末期到鎌倉初期的武士、僧侶、歌人（一一一八～一一九〇年）。

專欄｜日本人對櫻花的美感意識 ◉03 ◉04

桜は千年以上の昔から、中古・中世から芸術作品の題材になってきたことは先に述べた通りだが、その流れは二十一世紀の現代にも連綿として続いている。日本では毎年四月には桜をテーマにした流行歌が作られ街中に溢れている。何年も続くこの風潮は考えてみれば、だいぶおかしなことかもしれない。また「お花見」という行楽を桜が咲いたから、何が何でも遂行しようとするのも外国人の方には不思議に映るかもしれない。しかし、日本人はそこに疑念を抱かない。

「桜に対する日本人の傾倒は、普通の花の観賞の基準になっている形、色彩、匂いなどを超越しており、ある種の絶対的な美意識に基づいたものではないかと思う。」と日本文学者のドナルド・キーン*はその著書に書いている。日本人の多くが首肯する一文だろう。

日本人の桜に対する思い入れは、上記の文に依ると「絶対的な美意識」と呼ばれるもの。これら曖昧模糊とした感覚的なものを説明するのは難しい。そもそも日本人もなぜ桜にそこまで拘泥するのかと問われれば、答えに窮する。そのあたりの桜に対する日本人の思い入れ、美意識といったもの、日本人が桜と聞いたら、判りやすく言えば、だいたい何を真っ先に感じるか、などといったことを解説していきたいと思う。

平安時代ごろから単に「花」といえば、それは桜を指すようになった。平安以前、『万葉集』などに詠まれた歌は中国文化の影響が大きく、花とは梅のことを指していたが、時代が下るにつれて花の代名詞が桜になっていったのに、日本人の美意識の変化が見て取れる、大変興味深いことだ。

それでは日本人の美意識とはどのようなものなのか。

鎌倉時代の文人吉田兼好*は『徒然草』の第七段で「あだし野の露消ゆるときなく、鳥部山の煙立ち去らでのみ住み果つる習ひならば、いかにももののあはれもなからむ。世は、定めなきこそいみじけれ」と書いている。この世に死者はなくならないので、死者を火葬する煙も常に尽きることがない。だが、人間が死ぬことなく現世に残ったとしたら、生きてゆく上での喜びや感動は生まれてこない。この世は消え行く儚いものこそが美しい、というような意味だ。

兼好が『徒然草』第七段にそう書いたこの考え方は日本人の美意識そのものと言ってよいだろう。美しく咲いた後に静かに散ってゆく桜は、日本人のこの美意識を託すにはまさにうってつけの花だった。

如前篇所述，櫻花早在一千年前的中古、中世時期就常是藝術作品的題材，且連綿不斷地流傳到今天二十一世紀。每年四月都能聽到街道四處紛紛播放以櫻花為主題的流行歌，或許有些難以理解也說不定。只是因為櫻花綻放就不管怎樣非得要前去「賞櫻」的日本人，外國人看來可能感到很不可思議。但日本人對此絲毫不抱疑惑。

「我想日本人對櫻花的熱衷，早已超越一般賞花的形態、色彩、香味等基準，而是建立在某種絕對的美感意識上。」日本文學家Donald Keene在其著書中寫下了這一段。大概很多日本人會同意吧！

日本人對櫻花的情感按上面文句來說，可稱作「絕對的美感意識」。想說明這種曖昧不清的感覺頗為困難。說到底就算問日本人為什麼這麼執著櫻花，大概也都無法回答吧！我想先從日本人對櫻花的情愫、美感意識，簡單來說就是日本人聽到櫻花時，會先想到什麼開始解釋。

從平安時代開始，單說「花」指的就是櫻花。平安時代以前，花指的是梅花。

但隨時代變遷，花的代名詞慢慢變成了櫻花。能了解日本人這種美感意識的變化也是饒富趣味的事。

那麼日本人的美感意識到底是如何呢？鎌倉時代的文人吉田兼好在《徒然草》第七段寫道：「化野之露不曾消逝，鳥部山之煙不曾散，若永在此世直至盡，謂萬物何趣之有。正因無常而有美世。」意思大致為，因為這個世界永遠都有死者，火葬之煙從未退去。但要是人不死而活在世上，怎能感受到活著的喜悅和感動呢？正因為世間如此虛幻才美麗。這種想法正可以說是日本人美感意識的展現吧。燦爛綻放後靜靜凋落的櫻花，是最適合用來表現日本人的美感意識的一種花。

*註：美國出身的日本文學家、日本學者。取得日本國籍後從Keene Donald的讀音，用漢字改名鬼怒鳴門（一九二二～）。

*註：鎌倉時代末期到南北朝時代的官人、遁世者、歌人、隨筆家。一二八三年左右～一三五二年後卒（確切年份不詳）。

昨今の日本において、花火の有名どころを挙げたらきりがない。そこで、歴史に縁のあるところを数か所取り上げてみることにしよう。

まずは、東京の隅田川花火大会。当時、江戸では飢饉や凶作に見舞われ1、疫病*が大流行し、死者が多く出た。その霊を慰め、疫病退散を願い、花火が上げられたという。最近では東京スカイツリーの展望台から鑑賞する方法もあるようで、これまでの見上げる花火から見下ろす2という逆転の発想だ。

また、近年では水中花火も脚光を浴びている。夜空に打ち上げようとした花火を誤って、水中に落として破裂させてしまったのがきっかけ4らしい。その水中花火と言えば、広島県の安芸の宮島は格別5だ。猛スピードで走るモーターボートから点火された花火の大玉が次々と海中に投げ込まれると、大音響とともに炸裂する。すると、なんと世界遺産の厳島神社の社殿が幻想的に、そして神秘的なまでに浮かび上がってくるではないか。

もしも平清盛がこの光景を見たら、どう思うであろうか、と想像してしまう。厳島神社を深く信仰していた清盛は一門6の繁栄を願い、平家納経*を奉納し、現在の海上に立つ社殿も整えたと言われている。

最後に、現在の日本三大花火*の一つである新潟県長岡市の花火大会を紹介しておこう。長岡の花火大会は、鎮魂と復興、恒久平和への願いが込められた大会だ。長岡市では毎年八月一日に前夜祭7があり、未来を担う若者や子どもたちが活躍している。午後十時半になると、大玉の白い花火が三発、間隔を置きながら打ち上げられる。終戦まぢか8の一九四五年八月一日の午後十

～と言えば　說到～

水中花火と言えば、広島県の安芸の宮島がダントツだ。
說到水中煙火，廣島縣安藝的宮島最為漂亮。

牛肉麺といえば、あの店に限る。
說到牛肉麵，就想到那間店。

なぜか～　不知為何

ここへ来るとなぜか子供の頃が思い出される。
來到此地，不知為何會想起孩提時期。

彼は別にイケメンではないが、なぜかもてる。
他也不是什麼帥哥，但就是很受歡迎。

在日本，煙火名勝可說多不勝數，在此只列舉幾個具有歷史緣由的景點。

首先介紹東京的隅田川煙火大會。當時江戶遭受饑饉與歉收所害、瘟疫流行，死者眾多。為了安撫靈魂並祈求瘟疫退去便施放了煙火。近來也可在東京晴空塔的瞭望台觀賞，享受與以往仰望煙火不同、而是從上往下俯視的樂趣。

近年水中煙火也相當吸引眾人目光。說到水中煙火不小心往下打進水中，後來卻發展出水中煙火。說到水中煙火，廣島縣安藝的宮島煙火特別漂亮。從高速行進的快艇上點燃的大型煙火依次丟進海中後，便會隨巨大聲響一同綻放，接著世界遺產——嚴島神社的社殿就會以如夢似幻、甚至可說充滿神祕氛圍的姿態浮現，令人不禁幻想平清盛看見這幅景色的話，會是什麼心情呢？據載正是崇敬嚴島神社的清盛為了祈求一族繁榮，在此獻上了平家納經，並修建了今日坐落於海上的社殿。

最後就來介紹被譽為日本三大煙火之一的新潟縣長岡市的煙火大會吧！長岡的煙火大會，包含了鎮魂以及對復興、永遠和平的祈願。長岡市在每年八月一日會舉辦前夜祭，肩負未來重責的年輕人與孩子會有活躍表現。到了晚間十點半，三發白色大型煙火。接近終戰的一九四五年八月一日晚間十點半，長岡空襲開始。有一四八四人罹難。這三

HANABI 02

はな　び
花火

煙火

はなび

キラキラと輝きながら消えていく光にも儚さを感じる。もし日本へ花火大会を見に行くことがあるなら、日本人の表情もご覧いただきたい。花火の美しさ、素晴らしさにどよめき7とも言える、感嘆の声をあげながら、儚く消えていく花火に見とれ、リラックスしているかもしれないが、決してエキサイト8はしていない。

發供奉戰災殉難者，用以鎮魂、慰靈的煙火稱為「白菊」，此時長岡市內的寺院會同時敲響慰靈之鐘。打上長岡夜空的煙火會慢慢綻開巨大的白色菊花，然後又黯然寂寥地消逝。獻給天上的煙火，正是長岡煙火的原點。不知為何，這裡的煙火似乎總引人落淚。

以流浪畫家之名為人所知的山下清也喜歡長岡煙火，聽說每年皆造訪此地。清以當時的感動情景直接做成了貼繪的畫作，然後留下了這句話：「如果大家不做什麼炸彈，只做著漂亮的煙火，也就不會發生什麼戰爭了」。不管何處的煙火大會，一定都有著自己的歷史與故事。

煙火本就有撫慰因饑饉、災荒或瘟疫而亡的靈魂、祈求瘟疫退去，或在八月盂蘭盆節供養祖先之靈的緣由。今日的煙火大會會集中在七月、八月的盂蘭盆節時期舉辦也是源自於此。

到了現代，因為煙火已變成觀賞用的活動，所以在觀光地區除了夏天外，如聖誕節也有盛大的煙火大會。九州的某處溫泉勝地會配合聖誕歌曲施放煙火，並照射多彩繽紛的雷射光，簡直像是煙火音樂劇。

但是，若重新以包含日本宗教意義的傳統活動的角度來看，煙火打上又消逝時，那細碎的劈啪聲或一邊閃爍一邊淡去的光輝，都令人感到世事無常。若有機會到日本欣賞煙火大會，請看看日本人的表情吧！他們會為了煙火的美麗與壯闊喧嚷不已的發出感嘆聲，或許沉浸在虛幻無常的煙火中而感到放鬆，但絕不會帶著興奮不已的心情。

©DavidNNP_Shutterstock.com

＊註：此時的瘟疫是霍亂。

＊註：共三十三卷的經書。經書作工極為豪奢華麗，象徵平氏一族的繁榮。昭和二十九年（一九五四年）指定為國寶。

＊註：大曲煙火競技大會、土浦全國煙火競技大會、長岡祭大煙火大會。

＊註：一歲時遭逢關東大地震，房屋被燒毀，雙親移居到故鄉新潟市。三歲時罹患重病，留下輕微言語障礙與智能障礙等後遺症（一九二二～一九七一年）

＊註：從陰曆的七月十三日到十六日在晚上舉行的祭拜先人的民間節日活動，一般稱為「盂蘭盆節」。但現在，大多改在八月十三日至十六日舉行，為了使祖靈能容易找到自宅，於十三日的黃昏時刻在門前點火迎接祖靈的稱迎靈火；而在十六日的黃昏時刻再將祖靈送回去的稱送靈火。

～だけではなく　不只是～

花火は今や、夏だけではなく、冬でも盛大に打ち上げられている。
現在不只夏天，冬天也時常盛大地施放煙火。

決して～ない　絕非～

あの人は決して人の悪口は言わない。
那個人絕不會說人壞話。

時半に長岡空襲が始まり、一四八四人が亡くなった。この三発は戦災殉難者に手向ける鎮魂・慰霊の「白菊」という花火で、長岡市内のお寺も同時刻に一斉に慰霊の鐘を鳴らす。打ち上げられた花火は長岡の夜空に、ゆっくりと大輪の白い菊の花を咲かせ、切なく寂しげに散っていく。天に捧げる花火で、まさに長岡花火の原点。なぜか見ていて涙が出る花火だそうだ。

放浪画家として知られている山下清 * も長岡の花火が好きで、毎年足を運んで1いたようだ。清はその時の感動した情景をそのままちぎり絵 2 で作品に仕上げている。そして、こんな言葉を残している。「みんなが爆弾なんかつくらないで、きれいな花火ばかりをつくっていたら、きっと戦争なんか起きなかったんだな」。どこの花火大会にも何らかの歴史とドラマがある。

もともと花火は、飢饉や凶作、疫病などで亡くなった人々の霊を慰めたり、疫病退散を願うものであったり、あるいは八月のお盆 * に、先祖の霊を供養する意味合い 3 もあった。今日の花火大会が七月八月のお盆の時期に集中しているのはそのためである。

それが今では、花火は見て楽しむイベントとして定着しているため、観光地などでは夏だけではなく、クリスマスの花火大会も盛大なようだ。九州のある温泉地では、クリスマスソングに合わせて打ち上げられた花火に、十色ぐらいのレーザー光線を当てた、まさに花火ミュージカル 4 のようなものまで出現している。

しかしながら、日本の宗教的な儀式を含めた、伝統行事として捉え直して 5 みた場合、上がっては消え上がって消えゆくときのパラパラパラパラ 6 という音や、

1. 足を運ぶ 造訪　　2. ちぎり絵 拼貼畫　　3. 意味合い 緣由，意思　　4. ミュージカル 音樂劇（英：musical）

5. 捉え直す 重新領會　　6. パラパラ 散開的擬態語，爆裂聲　　7. どよめき 喧嚷聲　　8. エキサイト 興奮（英：excite）

二十代の頃はわざわざ紅葉を見るために、どこかへ出向くということはなかった。しかしこの歳にもなれば、相応のストレスもたまってくる。ストレスとうまく付き合いながら、生きていくのが人生を楽しく過ごすめのコツ①なんだろうと思い始めた矢先、十年来の友人から「京都の紅葉を見に来ない？」との誘い。溜まった仕事はひとまず忘れ、東京駅から新幹線に乗り込んだ。

「京都から二時間二十分。」新幹線の扉がゆっくり開くと「きょうと〜、きょうと〜」とホームのアナウンスが耳に入ってくる。ひんやり③とした空気を吸い込むと、凛とした気分になる。出迎えてくれた友人と清水寺へ向かう。在来線を乗り継ぎ祇園四条駅へ。鴨川を少し眺めてから、祇園を通りぬけ清水寺へ歩いていく。日本全国に小京都と呼ばれる町は数多くあるが、祇園の町は本家本元④。道行く人の数は多いが、みんな左右に立ち並ぶ古い家々を眺めたり、写真を撮ったりしてのんびり歩いている。ときおり⑤秋風がさっと吹きぬけていく。旅情とはこういうことなんだろう。

清水寺はちょっとした山の上にあるので、途中から道の勾配がきつくなる。けっこうな距離を歩くが、雰囲気が素敵な京都の街はただ歩かされているという感じはしない。

清水寺に着くと、幾つかの門と堂をくぐり抜け本堂へ。参拝を終えて「清水の舞台から飛び降りる」という諺を生んだ清水の舞台に立った。眼前には見事な紅葉が広がっていた。しばし⑥ボーッと佇む。至福の時間だ。

しばらくして思い出したように舞台の下を覗き込む。目もくらむ⑦ような高さだったが、舞台の下も一面のきれ

〜た矢先（やさき） 正要〜的時候，正當〜的時候

帰ろうとした矢先に課長に呼ばれた。
正要回去的時候，就被課長叫去了。

返事をしようとしていた矢先に、先方から催促されてしまった。
正要回答的時候，就被對方催促了。

ちょっとした 一點點，稍微

林さんはこの町ではちょっとした名士として名が通っている。
林先生在這個城鎮是個小有名氣的人物，大家都認識他。

あの山に登れば、ちょっとした紅葉のパノラマが楽しめる。
爬上這座山，便可欣賞到些許紅葉全景致。

二十幾歲時，我不會特地為了看紅葉，到某個地方去。不過，到了這個年齡，相對也累積了不少壓力。就在我開始認為生活的同時也和壓力和平共處，才是開心度過人生的訣竅時，一位相識十年的朋友約我「要不要來京都賞紅葉？」於是我暫時忘了堆積如山的工作，從東京車站搭上新幹線。

從東京行駛兩小時二十分。新幹線的車門緩緩打開後，「京都〜京都〜」月台的廣播飄進了我的耳朵。吸了一口冷颼颼的空氣，我的心情變得相當振奮，而後便和前來迎接我的朋友一起前往清水寺。我們轉搭在來線，前往祇園四條站。欣賞了一會兒鴨川的景色之後，我們穿過祇園，步行前往清水寺。日本全國雖然有很多城鎮都被稱為小京都，但祇園這地方是正宗的京都。路上行人很多，但大家都在欣賞著並列佇立在左右兩側的古舊屋舍、拍照、悠閒地散步。偶爾，會有涼爽的秋風吹過。所謂的旅行閒情，指的應該就是這樣子吧。

因為清水寺位於有點高度的山丘上，所以從半路開始，道路的坡度會變得陡峭難走。雖然要走一段不遠的距離，但在氣氛優雅的京都，並不會讓人覺得光只是在走路而已。

抵達清水寺之後，我們站在蘊育出「從清水舞台跳下去（下定決心）」

KOYO ⁰³

07
08

<ruby>紅<rt>こう</rt>葉<rt>よう</rt></ruby>

紅葉

こうよう

這個諺語的清水舞台。眼前是一整片漂亮的紅葉景觀。駐足片刻，這是一段無比幸福的時間。過了一陣子，我們宛如想起什麼似地眺望舞台下方，那高度足以讓人暈眩，但舞台下方也是一整片漂亮的紅葉景觀。我們看著做為本堂骨架的無數根木頭柱子，同時也為能在這麼高的地方搭建本堂感到相當佩服。

不管到京都的哪個地方，紅葉都非常漂亮，但說到紅葉，嵐山也很有名。這個時期，整座山都染成漂亮的紅葉色彩。我們搭電車沿著保津川溪谷輕快地穿過山中。看到平安時代貴族們搭船遊覽的大堰川水面上所映照的嵐山風光，我不禁想著，往昔的人們應該也為這優雅的美景而感動吧。

回到東京之後，總覺得對東京的紅葉在意了起來，所以我去看了明治神宮外苑的銀杏步道。從青山大道到聖德紀念繪畫館，形成了約三百公尺的銀杏隧道，這是常被電視連續劇當作場景的地方。炎熱的夏天結束後，鮮豔的綠色變成金黃色，然後又轉變為落葉，看到這幅情景，讓人有點懷念快樂的暑假回憶，同時也感到寂寞。

在東京，高尾山和奧多摩的紅葉也非常漂亮。從市中心前往高尾山的交通很方便，可以當天來回，享受在山中漫步的樂趣。抵達從新宿搭電車不到一個小時的高尾山口站後，周圍的山脈已經染成了鮮豔的紅色，登山健行的人讓這裡變得非常熱鬧。高尾山海拔五九九公尺，是很受歡迎的健行路線。聽說腳力好的人只要一個半小時就可以爬到山頂，但走不慣的人則需要兩個半小時。滿身大汗地抵達山頂之後，可以看到一整片紅葉的全景景致。

©RPMASSE_Shutterstock.com

～だろう ～可能～吧（表示推測）

昔の人々もこの優雅な眺めに心を打たれたんだろうと思う。

我想往昔的人們可能也為這優雅的美景而感動吧。

今年の夏は猛暑日が多かったから、きっと冬は厳しい寒さが続くんだろうなあ。

今年夏天高溫（大於三十五度）的日子很多，所以冬天嚴寒的天氣一定會持續不斷吧。

なんだか 總覺得

なんだか雲行きが怪しい。

總覺得要變天了。

このアニメを見ていると、なんだか不思議と幸せな気分になる。

只要看這部動畫，很不可思議的，總有一種很幸福的感覺。

いな紅葉だった。本堂の骨組みである無数の木の柱を見ながら、ずいぶんと高いところに本堂を建てたものだとつくづく感心した。

京都はどこへ行っても紅葉がきれいだが、紅葉と言えば嵐山も有名だ。この時期は山全体がきれいな紅葉色に染まる。山の中を保津川の渓谷沿いに電車でトコトコ1と走り抜けていく。平安の貴族たちが船遊びをしたという大堰川の水面に映る嵐山の光景を見ると、古2の人々もこの優雅な眺めに心を打たれたんだろうと、思いを馳せる。

東京に戻ってくると、なんだか東京の紅葉が気になり、明治神宮外苑の銀杏並木を見に行った。青山通りから聖徳記念絵画館に向かって、約三〇〇メートルにわたり銀杏のトンネルができていた。テレビドラマでもけっこう使われる場所だ。暑い夏が終わり、鮮やかな緑が黄金色に変わり、そして落ち葉になっていく姿を見ると、楽しかった夏休みの思い出がちょっぴり懐かしくも、そして寂しくも思えてくる。

東京では高尾山や奥多摩の紅葉も見事だ。高尾山は都心からのアクセスがよく、日帰りで山歩きが楽しめる。新宿から電車で一時間足らずの高尾山口駅に着けば、周囲の山々は鮮やかに色づいて3いて、トレッキング4姿の人たちで賑わっている。高尾山は標高五九九メートルの山で、ハイキングコース5として人気が高い。健脚の人は山頂まで一時間半もあれば登ってしまうらしいが、慣れていない人は二時間半ぐらいはかかる。汗だく6になりながら山頂に着くと、そこにはきれいな紅葉のパノラマが広がっている。

1. トコトコ　碎步快走的様子　　2. 古　往昔，古時　　3. 色づく　葉子變紅　　4. トレッキング　登山健行（英:trekking）

5. ハイキングコース　健行路線（英:hiking course）　　6. 汗だく　滿身大汗

渋谷駅から国道二四六号、通称「青山通り」を三宅坂*方面へ。右手に青山学院大学を見ながら、約一キロ歩くと表参道の交差点が見えてくる。

「表参道」というと、一般的には地下鉄の駅名や地名として知られているが、本来の意味は「明治神宮*」への表側の参道を指している。この表参道の交差点を左へさらに一キロほど行くと明治神宮の大鳥居にたどり着く。1

前置き2が長くなったが、大鳥居までの、この一キロの通りを「表参道」と呼んでいる。この表参道の道の両側にはブランドショップや有名美容室が立ち並ぶ、東京でも指折り3のオシャレな4街だ。

さて、この表参道のクリスマスイルミネーションだが、実にキレイだ。街路樹のケヤキ並木は一面電球で覆われ、一九九〇年代の冬にはかなりの高い確率でこのイルミネーションがテレビドラマに登場していた。道が一キロまっすぐに伸びているので、歩道橋から眺める奥行き5のあるイルミネーションは壮観だ。

実はこのイルミネーション、一九九九年から中止となっていた。見物客が殺到し6近隣の住民に迷惑行為を働くトラブルが発生するなど、いくつかの問題を抱えていたからだ。だが復活を望む声も多く、二〇〇九年には約九十万個ものライトがケヤキ並木を覆い尽く7した。二〇一〇年には十一年ぶりに再開した。観光に訪れる際には、マナーを守りながらこの光景を楽しみたい。

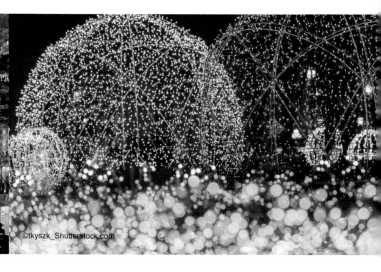
©tkyszk_Shutterstock.com

從澀谷車站走國道二四六號（通稱青山通），往三宅坂方向前進。右手邊有青山學院大學，約步行一公里之後，就可以看到表參道的十字路口。

說到「表參道」，一般人都會想到地下鐵的外側站名或地名。但它原本的意思指的是前往「明治神宮」的外側參道。從這表參道的十字路口往左再步行一公里左右，就會到達明治神宮的大鳥居。

開場白有點長，總之到大鳥居的這一公里道路稱為「表參道」。這條表參道的兩側，羅列著名牌商店和知名美容院，在東京也是屈指可數的時尚街道。

而說到表參道的聖誕燈飾，真的非常漂亮。行道樹的櫸樹全被燈泡所覆蓋，在一九九〇年代冬天，這些燈飾經常出現在電視連續劇當中。因為道路筆直延伸了一公里，從天橋上眺望長長延伸的燈海，非常壯觀。

其實，這些燈飾的活動從一九九九年起被中止舉行。這是因為觀光客大批湧入，做出令附近居民感到困擾的行為而引發爭執，造成了一些問題。但是因為有很多人都希望可以再恢復，於是在二〇〇九年，約有九十萬盞燈徹底覆蓋了欅木行道樹。到二〇一〇年，約十一年又再度舉辦。在此觀光時，請大家遵守規矩，享受這片風景。

〜として　身為〜・作為〜

彼は取締役として系列の会社へ移っていった。
他以總經理的身分調到同一體系的公司。

彼女は日本語のガイドとして、よく日本へ行っている。
她作為一名日語導遊，經常到日本去。

（〜のは）〜からだ　（之所以〜）是因為〜

大好きなケーキを食べないのは、ダイエットをしているからだ。
之所以不吃最喜歡的蛋糕，是因為現在正在減肥。

野外コンサートが中止になったのは、近くに住む人たちに迷惑がかかるからだった。
野外音樂會之所以取消，是因為會造成附近居民困擾。

ILLUMINATION 04

クリスマスの イルミネーション

聖誕燈飾

©cowardlion_Shutterstock.com

イルミネーション

1. たどり着く 好不容易才走到，摸索找到　　2. 前置き 開場白，前言　　3. 指折り 屈指可數

4. オシャレ［な］時髦的，流行的　　5. 奥行き 縦深，深度　　6. 殺到する 大批湧入蜂擁而至

7. 覆い尽くす 徹底覆蓋，全面壟罩

接下來，也為大家介紹一下橫濱。從橫濱車站到元町中華街車站之間，紅磚倉庫的燈飾和夜景非常值得推薦。紅磚倉庫雖然保留了大正時代歷史建築物的景觀，但也被重新改裝，作為觀光之用。建築物上雖然只裝飾著簡單的燈飾，不過和紅磚倉庫隔著大海相望的對岸，聳立著「港未來21」的高樓群。要不要在寒冷的夜裡，一邊喝著溫熱的罐裝咖啡，一邊沉浸在這雅緻的氣氛中呢？

在介紹聖誕節夜景的最後，我們前往從元町中華街車站步行十分鐘可抵達的「港見丘公園」。離開車站之後，等待大家的是爬坡的坡道。雖然斜坡非常陡峭，但是試著努力爬上去吧！進入公園之後便是一片開闊的景色，前方可以看到閃耀著霓虹燈的橫濱海灣大橋、橫濱港和港未來21的高樓群。這些地方平時就有許多情侶，到了聖誕節更是如此。請你一定要和男女朋友一同前往，而沒有男女朋友的人就和朋友一起前去造訪吧！

＊註：在東京都千代田區的一處坡道名。
＊註：位於東京都澀谷區的明治神宮，祭祀著明治天皇以及昭憲皇太后。明治神宮的大鳥居是日本木造鳥居中規模最大的，木材使用了台灣丹大山的檜木。
＊註：大正時代始於一九一二年七月三十日，止於一九二六年十二月二十五日。
＊註：本區有著超高大樓跨越橫濱市西區和中區，面對著橫濱港，是由海埔新生地所建設的臨海城市。
＊註：位於橫濱市中區山手町的景觀公園。景觀公園是依照都市計劃法所建設的都市設施，或是依都市公園法所建設的都市公園中的一種特殊公園。
＊註：讓人覺得心臟無法負荷的陡坡，在這裡是指通往港見丘公園的谷戶坂。
＊註：位於橫濱市的八百六十米長的吊橋，在一九八九年九月開放使用。

～しか（～ない）　只有～

冷蔵庫（れいぞうこ）の中（なか）にはたまごしかない。他（ほか）には何（なに）もない。

冰箱中只有雞蛋，沒有其他東西。

この辺（あた）りでクリスマスのイルミネーションが見（み）られるのは、ここしかない。

在這一帶可以看到聖誕節燈飾的，就只有這裡了。

～ともなれば／～ともなると　只要～、要是～

台湾（たいわん）では、母（はは）の日（ひ）ともなれば、どこのレストランも満員（まんいん）だ。

在台灣，只要一到母親節，不管哪家餐廳都會客滿。

首相（しゅしょう）ともなれば、ボーナスも多（おお）いだろうなあ。

要是當上首相，年終獎金應該很多吧。

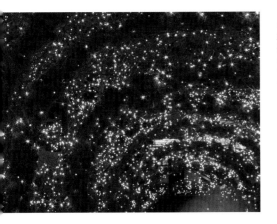

続いて横浜も紹介しておこう。横浜駅から元町中華街駅にかけては、赤レンガ 1 倉庫のイルミネーションと夜景がお薦めだ。赤レンガ倉庫は大正時代* の歴史的建造物の景観を残しながらも、観光用にリニューアル 2 された施設だ。建物には簡素なイルミネーションしか施されないが、赤レンガ倉庫から海を挟んだ反対側に「みなとみらい 21* 」の高層ビルが立ち並ぶ。寒い夜に熱い缶コーヒー 3 でも飲みながら風情 4 にひたって 5 みてはいかが。

クリスマスの夜景の締めは、元町中華街駅から徒歩十分の「港の見える丘公園*」へ。駅を降りたら、丘に登るための心臓破りの坂* が待っている。かなりの急坂だが頑張って登ってみよう。公園に入れば景色が開け、正面にはイルミネーションに光る横浜ベイブリッジ* と横浜港、みなとみらい 21 のビル群が見える。普段からカップル 6 が多い場所だが、クリスマスともなればなおさら 7 だ。あなたも恋人と、恋人のいない人は友だちと是非どうぞ。

©Kantaya_Shutterstock.com

1. 赤レンガ 紅磚	2. リニューアル 重新改装，装修 （英：renewal）	3. 缶コーヒー 罐裝咖啡	4. 風情 風雅，情趣
5. ひたる 陶醉，沈浸	6. カップル 情侶，戀人 （英：couple）	7. なおさら 更是，更加	

中國地方

出雲
松江

近畿地方

大阪
伊勢

九州及沖繩地方

沖繩
福岡

四國地方

四國

關東地方

箱根
銀座
橫濱
代官山
東京
高圓寺
澀谷
鐮倉

北海道地方

北海道

東北地方

花卷
奧州平泉

中部地方

金澤
岐阜
立山黑部
名古屋
山梨

Chapter 2

列島巡禮

金沢
かな ざわ

05

⊙11　加賀 100 万石＊で知られる金沢市は、今でも古き「日本の美」を体感できる町だ。台北からのアクセス[1]は飛行機が便利で、台湾桃園国際空港から小松空港へは直行便が就航している。小松空港から金沢駅までは、連絡バスを利用すれば最短 40 分ほどで着く。金沢駅から先は市内バスを利用しよう。金沢は日本でも有名な観光地なので、観光客向けの市内バスが数多く走っている。初めての人でも移動に困らないのが金沢の魅力のひとつだ。

　　以加賀一百萬石聞名的金澤市，即使在今天，依然是個可以感受到古老「日本之美」的城市。從台北出發搭飛機比較方便，台灣桃園國際機場有直飛小松機場的班機。從小松機場到金澤車站，搭乘巴士的話，最快四十分鐘就能抵達。從金澤車站開始，就利用市內公車吧！因為金澤是日本有名的觀光地，所以有許多針對觀光客設置的市內公車。即使是第一次造訪的人，也不會有移動上的困擾，這就是金澤的魅力之一。

金沢に着いたら、まずは兼六園を訪れてみよう。日本三名園*の一つである兼六園は、安土桃山時代から江戸時代にかけて加賀藩*を治めた前田家の庭園として知られている。園内を回るのに2時間以上はかかるので、自分のペース[2]でのんびりと歩くのがいいだろう。兼六園のほぼ[3]真ん中に霞ヶ池という池があって、その池にある兼六園のシンボル[4]と言われている二本脚の「ことじ灯籠」や、園内に点在する「あずまや」はぜひ見ておきたいところだ。しかし、たくさんの見所がある兼六園の中でのお薦めは、何といっても[5]眺望台だ。天気のいい日には遠くの山々や、日本海、能登半島などが眺望できる。とくにここからの夕日は絶景だ。時間がゆっくり[6]と流れている感じがし、何よりも[7]自然の美しさに圧倒されてしまう。

到了金澤之後，首先讓我們來探訪兼六園吧！身為日本三大名園之一的兼六園，以安土桃山時代到江戶時代統治加賀藩的前田家的庭園而聞名。在園內繞一圈需要花兩個小時以上，所以，可以依照自己的步調悠閒地漫步。請大家一定要欣賞的是，兼六園正中央的一個名為霞之池的水塘，水塘中有著被稱為兼六園象徵的兩腳「徽軫燈籠」，以及散布在園內的涼亭。然而，不管怎麼說，在有許多精彩之處的兼六園中，最推薦的就是眺望台。天氣好的日子，可以看見遠方的山脈、日本海、能登半島等。特別是從這裡眺望的夕陽，更是絕美的景色。在此可以感受到時間緩慢流逝，讓人完全陶醉在這片絕佳的自然美景當中。

*註：一百萬石的「石」是指體積的單位。主要是用來量稻米用的單位，一石有十斗、一百升、一千合，也就是相當於一百八十公升。以一餐份所食用的米為一合來計算，一石就是相當於每人一年所消耗的白米量（365日×3合／日=1095合）。如果以此數量的米作為士兵們的糧俸，也就可養與其俸祿相稱的士兵數量。也就是說「石高」不只是意謂著戰國時代的大名（諸侯）們的財力大小，也意謂著兵力的多寡。而加賀藩在當時領有大名中最多的一百零二萬五千石單位的俸祿。

*註：以風景優美為著的三大日本庭園分別是：石川縣金澤市的兼六園，岡山縣岡山市的後樂園，茨城縣水戶市的偕樂園。

*註：加賀藩擁有當時的加賀（石川縣金澤以西）、能登（石川縣能登半島）、越中（富山縣）三國大部分的領地。藩主是前田氏。

～から～にかけて　從～到～

関東南部から東海地方にかけて大雨が降っている。
從關東南部到東海地方都下著大雨。
この地方では4月の半ばから下旬にかけて桜の花が咲く。
在這個地方，從四月中旬到下旬會開櫻花。

～と言われている　被稱為～，大家都說～

世界で一番住みやすい都市は（カナダの）バンクーバーだと言われている。
大家都說，（加拿大的）溫哥華是全世界最適合居住的都市。
A：ほらっ、あの人がこの大学の山下智久と言われている学生よ。
B：えっ？ヤマピー？どの人？
A：你看，那個就是被稱為這所大學的山下智久的學生喔。
B：咦？山P？哪個人？

1. アクセス　交通手段，路徑。（英：access）
2. ペース　步調，節奏。（英：pace）
3. ほぼ　大概，大致。
4. シンボル　象徵，記號。（英：symbol）
5. 何といっても　不管怎麼說，不管怎麼樣。
6. ゆっくり　緩慢地，慢慢地。
7. 何よりも　比什麼都～。

金澤

27

12 　兼六園に隣接している金沢城公園にも寄ってみたい。金沢城は火災で何度か焼け落ちた部分もあるが、近年復元され往年の姿を楽しむことができる。金沢城公園の次は、少し歩いて長町武家屋敷跡へ。長町武家屋敷跡には当時の街並みがそのまま残されているので、散策しながら武家時代の雰囲気を楽しむのもいい。もしかしたら武家時代のオンパレード[1]のような金沢は、じっくり[2]と景観や建物を鑑賞する、大人向けの町かもしれない。

　金沢観光の最後は食べ物で締めくくろう[3]。一般的に有名なのは近江町市場だ。金沢港で水揚げされた魚や地元の野菜を売っている昔からの市場で、市場の周りにはたくさんの食堂がある。いろいろなおいしいさかなや魚介類に出会えるだろう。

　鄰近兼六園的金澤城公園也想去瞧瞧。金澤城曾幾遭祝融，有些地方已被燒毀，不過，經過近幾年的修復，已經可以欣賞到往昔的樣貌。金澤城公園的下一站，我們稍微步行一段距離，前往長町武家屋宅遺跡。因為長町武家屋宅遺跡還保有當時的街道景像，可以一邊散步，一邊感受武家時代的氣氛。宛如重現武家時代一般的金澤，或許是個能仔細欣賞景觀和建築、專為大人設計的城鎮。

　在金澤觀光的最後，我們以食物來畫上句點吧！一般來說，有名的是近江町市場。這是一個販賣在金澤港捕撈上岸的漁貨和當地蔬菜的傳統老市場，市場周圍有許多食堂，應該可以吃到各種美味的魚類和海產。

それからもう一つ、手軽に[4]食事を楽しめる穴場[5]を紹介しておこう。それは金沢港にある「船員厚生食堂」だ。金沢港へのアクセスは若干不便で、車かタクシーがないと行きにくい場所にあるが、港内にある「船員厚生食堂」は漁師や地元の人たちの行きつけ[6]のところだ。新鮮な魚はもちろん、北陸地方の郷土料理も提供してくれる。もし時間と足があるなら、ぜひ立ち寄って[7]みたいスポットだ。

另外，還有一個可以隨意享受美食的獨家景點要介紹。那就是位在金澤港的「船員厚生食堂」。前往金澤港的交通不是太方便，它位於若沒有車子或計程車就很難抵達的地區，不過位在漁港內的「船員厚生食堂」，是漁夫和當地人常去的地方。除了新鮮的魚類，這裡也提供北陸地方的鄉土料理。如果時間和交通方便，一定要順道前往這個景點。

1. オンパレード　全體出場，全體演出。
   （英：on parade）
2. じっくり　仔細地，慢慢地。
3. 締めくくる　做為結束，總結。
4. 手軽 [な]　隨意地，輕鬆地。
5. 穴場　獨家景點，一般人不知道的好地方。
6. 行きつけ　經常前往。
7. 立ち寄る　順道前往，靠近。

もしかしたら～かもしれない

或許～也說不定，搞不好～也說不定

もしかしたら、来週から山田さんとキャンプに行くかもしれない。

或許，下週起要跟山田先生去露營。

A：もしかしたら、来月、佐藤さんが台湾に来るかもしれないって。

B：あ、そうなんだ。冬休みになるからかな。

A：聽說，也許佐藤先生下個月會來台灣也說不定。

B：啊，這樣啊。可能是因為要放寒假了吧。

～ながら　一邊～，一邊～

妹はいつも音楽を聞きながら、宿題をするのが習慣になっている。

妹妹總是習慣一邊聽音樂，一邊做功課。

いまは家にいながら、たいていのものはネットで簡単に買い物ができる。

現在即便在家，也可以簡單地透過網路買到大部分的東西。

©Sean Pavone_Shutterstock.com

岐阜
ぎふ

● 13

岐阜県は日本のほぼ真ん中に位置する、日本有数の山岳地帯の多い県だ。市街地のほとんどは県南部に集中していて、中央から北部にかけては北アルプスの山々が連なって[1]いる。

有名な観光スポットはいくつかあるが、残念ながら交通の便が大変悪い。だがその分、豊かな自然と秘境的な雰囲気が漂って[2]いる。そこで今回は世界遺産の白川郷*を中心に紹介していこう。

白川郷とは岐阜県の北西部、庄川上流の山間部に位置し、「合掌造り*」という建築様式の住宅がある集落

岐阜縣位於日本幾乎是正中央的位置，是日本少數擁有許多山岳地帶的縣之一，幾乎所有的市鎮都集中在縣的南部，從中央到北部有著北阿爾卑斯群山層層相連。

岐阜縣有幾個著名的觀光景點，可惜交通非常不方便。但也正因為如此，那些地方還保有豐富的大自然，並瀰漫著一股秘境般的氣氛。因此，這次我們以世界遺產白川鄉為中心來進行介紹。

白川鄉是指位於岐阜縣的西北部、庄川上游的山林之間，擁有名為「合掌屋」之建築樣式住宅的部落。在一九九五年被登記為聯合國

のことだ。1995年にユネスコの世界遺産に登録された*。周囲を山に囲まれた山間の村に、突如として現れる「合掌造り」の家々。近くにある展望台*からは四季折々[3]の集落全体が一望できる。この展望台は白川郷を訪れた際の記念撮影スポットとしても人気が高く、特に冬に合掌造りの家々がライトアップ[4]された時は圧巻で必見の価値がある。展望台へは集落から片道20分は歩く。展望台では、厳しい冬の寒さと豪雪に耐え忍んできた人々の生活に思いをはせて[5]みたい。日本の雪国の村がここにはある。

　白川郷は簡単に行ける場所ではないので、訪れた際には「合掌造り」の民宿に一泊して、秘境のムード[6]を味わうことをお薦めしたい。冬、音もなくしんしんと降り続く雪と農村の風景は、訪れる者の情緒に訴える[7]ものがある。夏の晴れた日の夜は星がきれいで、肉眼でも見える天の川は絶景だ。

教科文組織所認定的世界遺產。在四周被山脈環繞的山間村落中，突如其來地矗立著一戶戶的「合掌屋」。從附近的展望台可以瞭望四季不同的部落全景。這個展望台是造訪白川鄉時，非常受歡迎的拍紀念照景點，特別是在冬天，合掌屋人家燈時的景色最為優美，非常值得觀賞。從聚落步行到展望台單程約二十分鐘。在展望台上，來想像人們忍耐著嚴冬的酷寒與大雪的生活情景吧！日本的雪國之村就在這裡。

　因為白川鄉不是個容易前往的地方，建議大家造訪時可以在「合掌屋」的民宿住一晚，感受秘境的氣氛。冬天，寂靜無聲持續落下的大雪和農村風景，有著足以觸動造訪者心情的元素。夏日的晴天夜晚，星星非常美麗，肉眼可見的天上銀河是一大絕景。

＊註：岐阜縣大野郡白川村。

＊註：合掌屋是指屋頂的角度陡峭、呈四十五度至六十度斜度結構的房屋。此名稱的由來推測是因為其形狀類似手掌合十時所形成的三角形一般。

＊註：飛驒地方的白川村（岐阜縣大野郡白川村）與位於五箇山（富山縣南砺市）的合掌部落共同登錄為世界遺產。

＊註：萩町城跡展望台。又稱為城山天守閣展望台。

突如として　突然

暗闇から自転車が突如として飛び出してきたので、びっくりした。

因為腳踏車突然從黑暗中飛奔而出，所以嚇了一跳。

登山で急坂が続いた。1時間ほど登ると、突如として目の前が開けた。

登山時，陡坡不斷延續。爬了一個小時左右之後，眼前的景色突然豁然開朗。

価値がある　值得～，有～的價值

白川郷は訪れる価値がある。

白川鄉值得造訪。

この絵画展は一見の価値があるそうだ。

聽說這個畫展值得一看。

©Korkusung_Shutterstock.com

1. 連なる　相連。
2. 漂う　瀰漫，飄散。
3. 四季折々　四季當令，四季不同。
4. ライトアップ　點燈。（英：light up）
5. はせる　馳騁。
6. ムード　氣氛，情緒。（英：mood）
7. 訴える　打動，訴諸於。

● 14

次に高山＊を紹介しよう。高山へは東京、大阪、京都、名古屋、富山から直行便の高速バスが運行されている。高山は飛騨の小京都と呼ばれ、江戸時代からの建物が「古い町並み」として残されている。町全体が観光地化されていて、路肩には飛騨牛を使った軽食やコロッケ[1]、高山名物の団子、串カツ[2]などを販売している店が数多くある。散策して小腹[3]がすいたら、いただいてみよう。団子はしょう油味のタレ[4]がほどよく絡んでいて美味だ。食べ終わったら、串は買ったお店に設置してあるゴミ箱へ。高山は外国人観光客も多いので、初めてでも安心して観光できる。

最後に日本三大美祭＊の一つである高山祭にふれておきたい。高山祭は春と秋に高山で催される祭りの総

接著，要介紹高山。從東京、大阪、京都、名古屋、富山都有前往高山的直達高速巴士。高山被稱為飛騨的小京都，自江戶時代遺留下來的建築構成了「老街景色」。整個城鎮被規劃成觀光景點，在路邊有許多店家販賣用飛騨牛做成的點心或可樂餅、高山名產的麻糬糰子、串炸等等。若散步之後肚子餓了，不妨品嘗一下。麻糬糰子恰到好處地沾著醬油醬汁，相當美味。吃完之後，請將竹籤放在購買店家所設置的垃圾桶。因為高山有許多外國觀光客，即使是初次造訪也可以安心觀光。

最後，來介紹一下日本三大美祭之一的高山祭。高山祭是春天和秋天在高山舉辦之祭典

称で、いくつもの屋台が街を練り歩く[5]。この屋台には豪華絢爛な装飾が施されているため、動く陽明門とも称されているほどだ。それが、屋台がひかれるときの掛け声[6]とあいまって、祭りの目玉[7]ともなっている。祭りは4月と10月にあり、ともに2日間しか行なわれないが、ぜひご覧いただきたい日本の祭りだ。

的總稱，有許多台車會在街道上遊行。因為這些台車被裝飾得豪華燦爛，所以又被稱為移動的陽明門，再加上拉台車時的吆喝聲，形成了祭典的重頭戲。祭典在四月和十月舉行，時間雖然都只有兩天，但是是相當推薦一看的日本祭典。

＊註：位於岐阜縣飛驒地方。
＊註：被稱為日本三大美祭的是秩父夜祭（埼玉縣秩父市）、祇園祭（京都府京都市）、高山祭（岐阜縣高山市）。

～ほど（の～／だ）　幾乎～

高山祭の屋台は動く陽明門と言われるほどの豪華さだ。
高山祭的台車非常豪華，被稱為移動的陽明門。
今日突風が吹いて、立っていられないほどだった。
今天突然吹起暴風，幾乎要站不住了。

～とあいまって　相互結合

山々に囲まれたこの村は、山の緑が空の青い色とあいまって大変美しい。
這個被群山環繞的村落，山脈的翠綠搭配上天空的湛藍，非常美麗。
努力が運とあいまって難関の大学に合格できた。
因為努力加上運氣，考上了非常難考的大學。

1. コロッケ　可樂餅（法：croquette）。
2. 串カツ　串炸，將豬肉片、洋蔥或蔥等用竹籤串起，油炸而成的食物。
3. 小腹　肚子。
4. タレ　醬汁。
5. 練り歩く　遊行，緩步前行。
6. 掛け声　吆喝聲，叫喊聲。
7. 目玉　重頭戲，熱門商品。

立山黒部
たて やま くろ べ

〇 15
　立山黒部アルペンルート[＊]は、富山県の立山駅から
長野県の扇沢駅までの 3000 メートル級の山々を通り
抜けていく国内屈指の山岳観光道路である。

　観光にあたって、まず服装についてだが、防寒着を
しっかり用意しよう。夏でも薄めの上着が必要だ。

　立山駅から先は一般車の乗り入れは禁止となってい
るため、専用の交通機関を乗り継いで[1]の観光になる。
まずケーブルカー[2]と高原バスに 1 時間ほど乗ると、
標高 2,450 メートルの室堂駅に到着する。筆者が訪れ
たのは 10 月で、気温は 2 度だった。山の上は寒い。

　立山黒部阿爾卑斯山脈路線，貫穿了富山
縣立山車站到長野縣扇澤車站之間高達三千公
尺的群山，是國內屈指可數的山岳觀光道路。

　觀光之際，首先，關於服裝的部分，請先
妥善準備好禦寒衣物，即使是在夏天，也需要
薄外套。

　因為從立山車站開始，禁止一般車輛進
入，所以必須轉搭專用的交通工具前往進行觀
光。首先，先搭乘電纜車和高原巴士約一小時
之後，就會到達海拔二四五〇公尺的室堂車
站。筆者造訪時是十月，當時的氣溫是兩度，
山上非常寒冷，以涼鞋搭配開襟毛衣這種輕薄

サンダル履きにカーディガン³という軽装で来ていた台湾からの旅行者が寒さのあまりに震えていた。

　この室堂駅の手前500メートルぐらいのところに「雪の大谷」がある。雪の大谷とは、高さが20メートルほどもある雪の壁のことだ。道路の両側にそびえ立つ雪の壁の中を高原バスがゆっくりと走り抜けていく。春は「雪の大谷ウォーク」として、2車線ある道路のうち1車線が歩行者に解放される春の観光の目玉だ⁴。歩きながら頭上を見上げてみよう。こんな巨大なものがどうして倒れて来ないのか、と不思議な気分になること受け合い⁵だ。

　室堂駅の次は、立山トンネルをトロリーバス⁶で通り抜け大観峰駅へ。大観峰駅は立山の絶壁に建てられている駅で展望台から黒部湖が見下ろせる。そこから更にロープウェイ⁷に乗り、黒部平駅へ。黒部平でケーブルカーに乗り換え、黒部湖駅へと出る。アルペンルートの観光は珍しい乗り物の乗り継ぎで忙しい。しかし、これがまたこのアルペンルートの特色だ。

～にあたって　～之際，～的時候

卒業にあたって、ひとことお祝い申し上げます。

畢業之際，獻上一句祝賀的話語。

立山アルペンルートへ行くにあたって、扇沢側から出発か立山側からかでずいぶんと迷った。

在去立山阿爾卑斯山脈路線時，對於要從扇澤還是立山出發，感到很猶豫。

～のあまり（に）　因為太過於～

うれしさのあまりに涙が出た。

因為太高興而流下淚來。

彼は悲しみのあまり、しばらくは食事も喉を通らなかったという。

據說他因為太過悲傷，一時之間無法吃下任何東西。

装扮前來的台灣旅客都冷得發抖。

　室堂車站前方約五百公尺處有著「雪之大谷」。雪之大谷是一座高達二十公尺左右的雪壁。高原巴士就從聳立在道路兩側的雪壁中間慢慢穿過。春季時有「雪之大谷健行」，兩線道路的其中一個車道會專門提供步行者使用，是春季的觀光重點。建議大家不妨一邊步行，一邊抬頭仰望，如此龐大的東西為什麼不會倒下來呢？保證你一定會為此感到非常不可思議。

　離開室堂車站之後，我們搭乘無軌電車穿過立山隧道，前往大觀峰車站。大觀峰車站是一個搭建在立山絕壁上的車站，從展望台可以俯瞰黑部湖。從那裡再搭乘空中纜車前往黑部平車站，在黑部平轉乘電纜車，前往黑部湖車站。阿爾卑斯山脈路線的觀光會讓旅客忙於轉搭各種罕見的交通工具，然而這也是這條阿爾卑斯山脈路線的特色。

1. 乗り継ぐ　轉搭，轉乘。
2. ケーブルカー　電纜車。
　（英：cable car）
3. カーディガン　開襟毛衣。
　（英：cardigan）
4. 目玉　重點，熱門貨。
5. 受け合い　保證。
6. トロリーバス　無軌電車。
　（英：trolleybus）
7. ロープウェイ　空中纜車。
　（英：ropeway）

○ 16　黒部ダム[1]の建設は世紀の難工事と言われた大事業だっ
た[*]。黒部湖はダム建設の際、黒部川をせき止めて[2]作っ
た人工の湖である。ダム展望台からは眼前に迫る立山
連峰と黒部ダムの放水[*]が眼下に見下ろせる。晴れて
いれば、立ち込める[3]水煙にきれいな虹がかかることが
ある。黒部湖駅から先は黒部ダム駅まで15分ほど歩き、
またトロリーバスでトンネルを抜け、終点の長野県扇
沢駅へと出る。

　紙幅の関係で、この大自然の素晴らしさを全て伝え
るのは難しいが、日本有数[4]の自然が残された場所であ
るので、読者の皆さんにもぜひご覧頂けたらと思う。

　最後にグルメの話を一つ。富山県には富山ブラック[*]
と呼ばれているご当地ラーメンがある。ブラックとい
うだけあって、スープが非常に濃い色をした醤油ラー
メンである。太くて固い麺と飛び上がる[5]ほどのしょっ
ぱい[6]スープであったが、これが意外にマッチして[7]い

黒部水壩的建造是一個被稱為世紀艱鉅工
程的大建設。黒部湖是在建造水壩時，攔截黑
部川所打造而成的人工湖。從水壩的展望台望
去，可以鳥瞰近在眼前的立山群峰和黑部水壩
的洩洪。若天氣晴朗，有時還會看見美麗的彩
虹橫跨在瀰漫的水霧上。從黑部湖車站步行約
十五分鐘到黑部水壩車站，再搭乘無軌電車穿
過隧道，便可抵達終點的長野縣扇澤車站。

　因為篇幅有限，難以將這片大自然的精彩
之處全部傳達給各位讀者，但因這裡是日本屈
指可數的仍保留著大自然的地方，請各位讀者
一定要去前往探訪。

　最後再來聊聊一個美食話題。富山縣有名
為「富山黑」的在地口味拉麵。怪不得叫黑拉
麵，它是一種湯的顏色非常深的醬油拉麵。又
粗又硬的麵條和鹹得會讓人嚇得跳起來的湯頭
意外對味。這道富山黑拉麵也在東京開店，聽
說似乎是大排長龍。雖然無法推薦給在意鹽份
的人，但若能在立山親身感受一下這種鹹味應
該也不錯吧！

る。この富山ブラックは東京にも出店してきて、行列ができているらしい。塩分を気にする方にはお薦めできないが、それでも一度は立山でこのしょっぱさを体感するのも悪くはないだろう。

～際（に）　～之時，～的時候

試験を受ける際、携帯電話の電源を切ってください

在考試的時候，請關掉手機的電源。

起業した際に、たくさんの方々に応援をいただいた。

在創業的時候，得到了許多人的支持。

～だけあって　怪不得

室堂は標高が高いだけあって、空気も少し薄くなる。

室堂的海拔高度很高，怪不得空氣變得有點稀薄。

日本で義務教育を受けたというだけあって、彼の日本語は日本人とほぼ同じだ。

聽說他以前在日本接受義務教育，怪不得日語程度幾乎和日本人一樣。

＊註：黑部水壩建造時，因規模之大受到日本全國的注目。利用精密的拍攝技術以及各類轉播機器，保存了各種黑部水壩的模樣，例如共有四集的紀錄電影（日本映畫新社）、電影《黑部的太陽》（三船敏郎、石原裕次郎主演）、《X計畫～挑戰者們～》（NHK）等。

＊註：為了觀光而進行的洩洪期間為六月下旬～十月中旬。

＊註：一九五五年，為了作為在富山市中心從事富山大空襲重建工作的食慾旺盛的年輕人的午餐，以及作為體力勞動者的鹽分補給，所以製作出湯中含有濃厚醬油的拉麵。

1. ダム　水壩，水庫。（英：dam）
2. せき止める　攔截，堵住。
3. 立ち込める　瀰漫，壟罩。
4. 有数　屈指可數，少數。
5. 飛び上がる　嚇一跳，飛上天。
6. しょっぱい　鹹的。
7. マッチする　對味，搭配。（英：match）

● 17

「名古屋めし」という言葉をご存知だろうか？名古屋には有名なご当地グルメがいくつかあるが、その総称として、名古屋めしという言葉が使われている。

名古屋めしの一つに台湾ラーメンがある。と言っても、台湾で食べるラーメンとはまったくの別物[1]だ。寿司として食べられているカリフォルニアロール＊と起源が似ている。名古屋で台湾料理店を開いていた台湾人店主が、賄い料理[2]として作ったのがその発祥とされている。台南の名物担仔麺を名古屋の人の口に合うようにアレンジした[3]という説が一般的だが、その味

大家聽過「名古屋料理」這個字眼嗎？在名古屋有幾道著名的在地美食，統稱為「名古屋料理」。

名古屋料理中有一種是「台灣拉麵」。但其實，這種麵和在台灣吃的拉麵完全是不同的東西，它的起源和被當成壽司來吃的加州捲很類似，一般認為它最早是被在名古屋開台灣餐廳的台灣老闆拿來作為員工伙食。普遍的說法是將台南名產擔仔麵重新調配，以符合名古屋人的口味，總而言之味道辛辣，和擔仔麵有很大的差異。

はとにかく辛く、担仔麺とはだいぶ違ったものになっている。

具材は豚の挽き肉、ニラ、ニンニク、ネギ、唐辛子がふんだんに[4]使われている。一口スープを飲むと、にんにくの香りがふわっと[5]口の中いっぱいに広がる。と同時に強烈な辛さに舌がヒリヒリ[6]してくる。台湾の麻辣鍋と同等か、それ以上の辛さを感じる。辛いのが苦手な人は、注文するときに「アメリカン*」と言えばいい。

名古屋の人に親しまれている味噌カツ、きしめん、手羽先、ひつまぶし、あんかけスパゲッティー、味噌煮込みうどんなど、どれも名古屋めしだ。名古屋特産の赤味噌の辛い味に慣れているからなのか、赤味噌や胡椒をたっぷりと使った味の濃いものが多い。名古屋の友人は彼らのソウルフード[7]と言っているが、正直、万人受けする味ではない。しかし、一度食べれば忘れられない味なので、名古屋を訪れた際には、ぜひ台湾ラーメンをはじめ、名古屋めしを食べてみていただきたい。

〜と言っても 雖說〜但實際上〜

名古屋に台湾ラーメンがあると言っても、台湾で食べる麺類とはまったく味が違う。

雖說名古屋有台灣拉麵，不過那味道和在台灣吃的麵完全不同。

日本では教会で結婚式を挙げるカップルが少なくない。と言っても彼らがクリスチャンだからというわけではない。

雖然在日本，於教堂中舉行結婚儀式的夫妻不在少數，但這並不表示他們是基督徒。

〜ばいい 只要〜就好了

どうして黙っていたの？遠慮しないで、嫌なら嫌と言えばいいのに。

為什麼不說話？不用客氣，不喜歡的話說不喜歡就好了呀！

一日1時間ぐらい運動すればいいというが、毎日続けるのは簡単ではない。

雖說是一天運動一小時就夠了，但要每天持續並不容易。

食材部分，使用了大量的豬絞肉、韭菜、大蒜、蔥、辣椒。喝下一口湯，大蒜的香氣就輕柔地在口中散開，同時，強烈的辣味也會讓舌頭覺得麻麻的，感覺似乎和台灣的麻辣鍋一樣辣，或甚至比麻辣鍋還辣。不敢吃辣的人只要在點菜的時候說句「美式」就可以了。

相當受到名古屋人喜愛的味噌豬排、碁子麵、雞翅、鰻魚飯三吃、淋醬義大利麵、味噌烏龍麵等，都是名古屋料理。或許是因為習慣了名古屋特產紅味噌的辣味，有很多是加了大量紅味噌和胡椒的重口味食物。雖然名古屋的朋友說這是他們的家鄉味，但老實說，這口味並不是每個人都可以接受的。不過，因為是吃過一次就難以忘懷的味道，造訪名古屋時，請一定要品嚐台灣拉麵等名古屋料理。

＊註：加州捲。（英：California Roll）。在米飯內包入小黃瓜、蟹肉棒、酪梨等，並在米飯外面沾上白芝麻或飛魚卵的美式壽司，是一種為迎合美國人口味的改良壽司。

＊註：減低辣度的拉麵，據說是借用美式咖啡的說法。

1. 別物　不同的東西。
2. 賄い料理　員工伙食。
3. アレンジする　調配、安排。
   （英：arrange）
4. ふんだんに　大量，很多。
5. ふわっと　輕飄飄地，輕柔地。
6. ヒリヒリ　火辣辣，刺痛。
7. ソウルフード　家鄉味。
   （英：soul food）

🔘 18　次に名古屋の観光スポットを紹介しよう。まずはまだ記憶にある愛知万博会場の跡地から。名古屋市のベッドタウン[1]長久手町に緑の多い広大な公園がある。2005年愛知万博終了後、会場がそのまま観光スポットになった「愛・地球博記念公園」だ。園内にある芝生の大広場は実に広々としていて、気分が爽快になる。映画「となりのトトロ」を再現した「サツキとメイの家」もあり懐かしい。井戸や底の抜けたバケツでも再現されていて、リアリティー[2]のある家だ。映画の制作や撮影に興味のある方には必見の場所だ。

　　名古屋市内には名古屋城と熱田神宮がある。名古屋城は江戸時代を治めた徳川家の城として、昭和初期まで元の姿が保存されていたが、戦争による空襲で大半が焼け落ち[3]、戦後に復元された。現在は城とその周辺が名城公園として整備され、海外からの観光客にも人気のスポットだ。

　接著來介紹名古屋的觀光景點。首先，從大家還記得的愛知萬國博覽會會場的使用地開始。名古屋的住宅區長久手町有座綠意盎然的大型公園，二○○五年愛知萬國博覽會結束之後，會場直接就成了觀光景點「愛・地球博紀念公園」。園內的草坪大廣場非常廣闊，讓人感覺相當舒服，重現電影《龍貓》的「皋月和梅的家」也相當令人懷念，就連水井和破了底的水桶也原貌重現，是一個相當有真實感的家，對電影製作和攝影有興趣的人一定要去看看。

　名古屋市內有名古屋城和熱田神宮。名古屋城是統治江戶時代的德川家所擁有的城池，一直到昭和初期都保持著原來的樣貌，然而因戰爭所引起的空襲造成大半部份燒毀坍塌，已於戰後重新修建。現在，城池和其周邊已被整建為名城公園，是相當受到國外觀光客歡迎的人氣景點。

熱田神宮はおよそ1900年の歴史を誇る、中京エリア＊屈指の神社で、他の神社ではあまり見られない「車ばらい」をしてくれる。「車ばらい」とは交通安全のための祈祷のことで、神社の中へ車で入って行き、車ごと[4]「おはらい[5]」をしてもらうのだ。

ここでまた食べ物の話になってしまうが、熱田神宮の中にきしめん屋があり、境内の木々に囲まれながら、名古屋名物のきしめんが食べられる。しかし味、量、それに値段のバランス[6]を考えると、台湾ラーメンに軍配が上がる[7]。

熱田神宮擁有將近一千九百年的歷史，是中京區域數一數二的神社，這裡可以進行「車祓」的儀式，是其他神社相當少見的。所謂的「車祓」是為了祈求行車安全的祝禱，搭車進入神社內，對方會替我們連同車子一起進行「去邪除魔」的儀式。

在這裡又要講到吃的，在熱田神宮中有碁子麵店，可以在神宮內蒼鬱綠意的圍繞下，品嚐名古屋當地知名料理碁子麵。不過，若考量到口味、份量再加上價格上的平衡，還是台灣拉麵獲勝。

＊註：以名古屋為中心的愛知縣、岐阜縣和三重縣地區。

〜による〜　因〜引起的〜

戦争による空襲でお城の大半が焼け落ちてしまった。
因為戰爭所引起的空襲，城池大半都已燒毀坍塌。
洪水による影響でタイへの旅行は延期になった。
由於洪水所造成的影響，前往泰國的旅行延期了。

〜のだ／〜んだ　（是）因為〜。（表示說明）

A：この子猫はいつも窓辺で昼寝をしているね。
B：きっと気持ちがいいんだよ。
A：這隻小貓總是在窗邊睡午覺呢！
B：一定是因為很舒服吧！

1. ベッドタウン　住宅分布之區域。
   （和製英語：bed town）
2. リアリティー　真實感，真實性。
   （英：reality）
3. 焼け落ちる　燒毀坍塌。
4. 〜ごと　連同〜，和〜一起。
5. おはらい　求神消災，去邪除魔。
6. バランス　平衡。（英：balance）
7. 軍配が上がる　獲勝，得勝。

🔵 19

日本語学習者に「富士山はどこにありますか」と聞くと、たいてい「静岡県」という答えが返ってくる。山梨県の名前はほとんど出てこない。富士山は静岡県と山梨県にまたがっている日本一の山なのだが、外国の方には山梨県はあまり馴染み[1]がないようだ。ところが山梨県には遊園地から温泉や大自然と楽しい場所がたくさんある。

まずは富士山の麓にある遊園地の富士急ハイランド。10月の半ばから3月末まで屋外のスケートリンク[2]がオープンしていて、家族連れで賑わっている。またここにはこの世のものとは思えないほどの恐怖を味わえるというお化け屋敷「戦慄迷宮」や、一度入る

如果問學日語的人「富士山在哪裡？」大概都會得到「靜岡縣」這個答案，幾乎沒有人會回答「山梨縣」。富士山是橫跨靜岡縣和山梨縣的日本第一高山，但外國人士似乎對山梨縣並不熟悉。不過在山梨縣，從遊樂園到溫泉、大自然等等，有許多引人入勝的地方。

首先是位於富士山山腳的遊樂園「富士急樂園」。從十月中旬到三月底會開放戶外溜冰場，有許多人攜家帶眷來此，非常熱鬧。此外，這裡有可以體驗到恐怖氣氛的鬼屋「戰慄迷宮」，恐怖的程度據說會讓人覺得這裡不像是存在於這個世上的地方；以及一旦走進去就幾乎不可能逃脫的「絕望要塞」等等，以品質來說，是日本首屈一指的遊樂園。而且看到那些一邊尖叫、一邊搭乘雲霄飛車的人們，感覺

山梨 やまなし

と脱出することが不可能に近い「絶望要塞」などがあり、クオリティ[3]の高さでは日本随一の遊園地だ。それに、絶叫しながらジェットコースターに乗っている人たちを見ると、けっこうストレスの解消ができて楽しそうに思える。わたしは心臓にも悪そうなので、ホラー映画の世界をそのまま体験できるというお化け屋敷もジェットコースターもチャレンジした[4]ことはないのだが、これらはみんな人気アトラクション[5]で入場者があとを絶たない[6]ようだ。

この富士急ハイランドの近くには、リゾート地の富士五湖エリアが広がっている。山中湖、河口湖といった湖畔のそばには、ホテルやバンガロー[7]の宿泊施設が充実している。絶景の富士山を間近に見られる温泉地ということもあって、一年中人気の高いエリアだ。

ところが　但是，不過

「山梨県の観光地はどこ？」と聞かれても、パッと思いつかない。ところが地図を見てみると知っている観光地がたくさんある。

就算被問到「山梨縣的觀光景點在哪裡？」一時之間也想不出來。不過，看了地圖之後，就會發現有許多自己知道的觀光景點。

この２つの国には天然資源が豊富にある。ところが戦争ばかりしていて自然を破壊し、資源を浪費している。

這兩個國家有豐富的天然資源，不過因為老是在打仗，不僅破壞了大自然，也浪費了資源。

～とは思えない　想像不到，難以想像

彼女は75歳とは思えないほど元気で若々しい。元気の秘訣は毎日30分の水泳とお仲間とのコミュニケーションだそうだ。

她有活力看起來又年輕，讓人想像不到已經七十五歲了。她健朗的秘密據說是每天游泳三十分鐘，還有和朋友們的交流。

あの真面目な彼がそんなことをするとはとても思えない。

認真的他竟然會做出那種事情，真讓人難以想像。

他們看起來壓力全消、非常開心的樣子。我覺得這些對心臟似乎不太好，所以不管是可以直接體驗恐怖片世界的鬼屋，還是雲霄飛車，我都沒有挑戰過，不過這些設施好像都非常受歡迎，入場者絡繹不絕。

在這間富士急樂園附近，有著廣闊的度假勝地「富士五湖區」。在山中湖、河口湖這些湖的湖畔，飯店和小木屋等住宿設施相當完備。也因為這裡是可以近距離觀看富士山美景的溫泉區，一年到頭都相當受歡迎。

1. 馴染み　熟悉，熟識。
2. スケートリンク　溜冰場。
　　（英：skating rink）
3. クオリティ　品質。（英：quality）。
4. チャレンジする　挑戰。
　　（英：challenge）
5. アトラクション　遊樂設施。
　　（英：attraction）
6. あとを絶たない　絡繹不絕。
7. バンガロー　小木屋。
　　（英：bungalow）

©Navapon Plodprong_Shutterstock.com

🔊 20

21

山梨県の山中湖からの富士山といえば、ダイヤモンド富士を挙げないわけにはいかない。夕日が富士山の頂に沈むとき、太陽がダイヤモンドのように輝いて見えることから、こう呼ばれるようになった。山中湖では秋と冬の2回、このダイヤモンド富士を見ることができる。冬は2月の初旬から中旬にかけて、比較的天気が安定しているため、見られる確率は高いという。この時期、湖畔には大勢の人がカメラを手にして[1]立ち並んでいるが、ダイヤモンド富士を拝めた人は本当にラッキーだ。

また山梨県は果物の産地で、特にぶどう、桃は日本最大の生産量を誇っている。寒い冬が終わって春になると、甲府盆地はあたり一面が桃の花で埋め尽くされる。体験イベントの熱気球に乗って空から眺めると、周りの山々の緑の中に、まるでピンク色のジュータン[2]

說到從山梨縣山中湖看見的富士山，就不能不提鑽石富士。當夕陽沉落在富士山頂時，太陽看起來就像鑽石一般閃耀，所以才被這麼稱呼。在山中湖，一年可以在秋天和冬天兩個季節看到鑽石富士。據說在冬天，從二月上旬到中旬，因為天氣比較穩定，看得到的機率比較高。這個時期，湖畔總是站了許多手持相機的人，但可以看到鑽石富士的人真的非常幸運。

此外，山梨縣是水果的產地，特別是葡萄和桃子，更是以日本最高產量為傲。當寒冬結束、春天來到時，甲府盆地便會被成片的桃花覆蓋。搭乘體驗活動的熱氣球從空中眺望的話，可以欣賞到在四周翠綠山脈之中，彷彿鋪滿粉紅色地毯般、有如人間仙境的風景。

沿著道路有葡萄和水蜜桃的農園，路邊羅列著販賣採收水果的產地直銷店。不僅可以當場試吃，也可以當成伴手禮，從產地直接送到

を敷き詰めたような桃源郷の風景が楽しめる。

　道路沿いにはぶどうや桃の農園が広がっていて、道端には収穫された果物の直売所が並んでいる。その場で試食もできるし、全国各地へお土産として産地直送もできる。何年か前の暑い夏の昼下がり³、車で甲州街道を走っていたときのことだ。喉がカラカラ⁴に乾いたので、一軒の桃の直売所に入った。皮をむいて⁵もらった桃に丸ごとかぶりついた⁶。そのみずみずしかった⁷こと。やわらかい果肉とほどよい甘さの果汁が口の中に広がった。今でも忘れられない味だ。

全國各地。幾年前的盛夏午後，我曾開著車奔馳在甲州街道上。因為喉嚨很乾，所以進了一家水蜜桃的產地直銷店。一口咬下店家幫忙削好皮的整顆水蜜桃，那是多麼鮮嫩多汁啊！嘴裡滿滿都是柔軟的果肉和甜度適中的果汁，那味道至今我仍無法忘懷。

1. 手にする　手持，拿著。
2. ジュータン（じゅうたん）　地毯。
3. 昼下がり　午後。
4. カラカラ [な]　乾巴巴的。
5. むく　剝，削。
6. かぶりつく　一口咬下。
7. みずみずしい　飽含汁液的。

〜わけにはいかない　不能〜，沒有道理〜

２月の山中湖といえば、ダイヤモンド富士に触れないわけにはいかない。

說到二月的山中湖，就不能不提到鑽石富士。

先週かぜを引いて４日も休んでしまった。もうこれ以上、会社を休むわけにはいかない。

上個禮拜感冒休息了四天，不能再跟公司請假了。

〜から〜にかけて　從〜到〜

この地方は２月の初旬から中旬にかけて、比較的天気が安定している。

這個地方從二月上旬到中旬，天氣比較穩定。

今晩から明日の朝にかけて、雨が激しく降るらしい。

從今天晚上到明天早上，聽說好像會下豪雨。

21

地球儀で見た日本はそれは小さな島国だ。しかも火山国のため山ばかりだ。平野の面積は少なく、且つ[1] その平野が都市化しているので地平線は拝めない[2]。筆者の体験では、日本で地平線が見られたのは、まだ北海道しかない。北海道には日本で唯一といっていいほどの大地を感じる土地から、車の進入も難しい世界自然遺産の知床までと、大自然が作り上げた絶景が数多くある。

北海道の都市と都市の間には平野や湿原、それに山や川もあり、鉄道やレンタカー[3] で移動する際に車窓から見える風景はまさしく広大であり雄大だ。

在地球儀上看到的日本是一個小島國。而且，因為是火山國所以到處都是山脈。平原面積稀少，再加上那些平原也都已經都市化所以看不到地平線。以筆者的經驗來說，在日本還看得到地平線的地方，只有北海道了。北海道有許多由大自然所形成的絕美景色，從可讓人感受到堪稱日本獨一無二的大地之美的地區、到車輛難以進入的世界自然遺產知床等皆是。

北海道的都市和都市之間有著平原和濕原，此外也有山脈和河川，搭乘鐵道或租賃汽車的行進間，從車窗望見的風景真的非常廣闊雄偉。

北海道

今回の旅は青森県の青森駅から鉄道で北海道の函館へ入ってみよう。明治時代の 1908 年から津軽海峡を青函連絡船が就航していたが、海底トンネル[4] が完成した 1988 年より鉄道が海峡の下を走っている。

函館は横浜、神戸、門司、長崎などとともに、外国貿易を始めた港町で、古くから北海道の南玄関口として栄えて[5]きた。市内の随所には西洋の影響を受けた建物や街並みが多く見られる。ここでは観光スポットの中から、函館山の夜景を紹介しよう。

標高 334 メートルの函館山から観る夜景は、100 万ドルの夜景とも言われ、日本三大夜景や世界三大夜景にも挙げられている。山頂から見下ろす夜景の美しさは「宝石箱をひっくり返した[6]よう」とも「星が舞い下りて[7]来た街」とも形容され、本州青森県の下北半島や竜飛岬辺りまでもが地図の通りに見える。

這次的旅行，我們就從青森縣的青森站藉由鐵道進入北海道的函館吧。從明治年代的一九〇八年，青函連絡船就航行於津輕海峽，自海底隧道完成後的一九八八年開始，鐵道便奔馳於海峽下方。

函館和橫濱、神戸、門司、長崎等地一樣，都是開創海外貿易的港口城市，自古以來作為北海道的南大門逐漸發展繁盛至今。市內到處都可以看到許多受到西方影響的建築物和街景。在此，我們就來介紹觀光景點中的函館山夜景。

從海拔三三四公尺的函館山看到的夜景被稱為百萬夜景，也被列舉為日本三大夜景或世界三大夜景。從山頂俯瞰的夜景之美被形容為「宛如打翻珠寶箱一般」或「星星灑落的街道」，也可以宛如看地圖般，看到本州青森縣的下北半島和龍飛岬一帶。

1. 且つ　再加上，並且。
2. 拝む　看到，瞻仰。
3. レンタカー　租賃汽車。
   （英：rent-a-car）
4. 海底トンネル　海底隧道。
5. 栄える　興盛，繁榮。
6. ひっくり返す　打翻，弄倒。
7. 舞い下りる　飛落而下，飄落。

まさしく　真的，的確

車窓から見る北海道の風景はまさしく広大であり雄大だ。
從車窗望見的北海道風景真的非常廣闊雄偉。

これがまさしく彼の成し遂げた偉業だ。
這的確是他所成就的偉大事業。

～通り　就像～一樣，按照～

この料理、本に書いてある通りに作ったけれど、どうもおいしくないなあ。
這道菜是按照書上寫的作的，但似乎不怎麼好吃……

A：うわあ、すばらしいネオン。あれが下北半島でその隣りが竜飛岬かな。
B：そうね、すごい。地図の通りね。

A：哇～好漂亮的霓虹燈。那是下北半島，旁邊應該是龍飛岬吧。
B：是啊，真是太棒了。就像地圖一樣。

北海道では札幌などの都市部を除いて、夜中にホテルを出て、あちらこちら出歩かない[1]ほうがよい。熊が出るのだ。昼間でも毎年何人もの人が熊に遭遇し、大怪我をしたり、最悪の場合は亡くなったりしている。また山道を歩いていると、キタキツネ[2]を見かけることもある。一見かわいらしい動物だが、こちらも要注意で安易に触れてはいけない。キタキツネはエキノコックス* という寄生虫を持っている場合が多いからだ。かつての人気ドラマ「北の国から」の蛍* の真似をして「る～るるる」などと呼んでみても近づいては来ないが、決して餌などを与えるようなことはせず、近づかないことだ。

さて「北の国から」といえば富良野だ。「北の国から」がヒットしてからというもの、大勢の観光客で賑わうようになったらしい。富良野で有名なのはラベンダー[3]

在北海道，除了札幌等都市地區，半夜最好不要離開飯店外出走動。因為會有熊出沒。即使在白天，每年都有好幾個人遭到熊的攻擊而受重傷，最糟糕的狀況還會死亡。此外，走在山徑中，有時也可以看到北狐。這種動物乍看之下很可愛，但也是要特別小心，不要隨便摸牠們。因為北狐帶有棘球條蟲（Echinococcus）這種寄生蟲的情況很多。就算模仿過去非常受歡迎的連續劇《來自北國》中的螢，發出「Lu～LuLuLu」等聲音，牠們也不會靠過來。絕對不要做出餵食飼料這樣的行為，切勿接近牠們。

說到《來自北國》就讓人想起富良野。好像是從《來自北國》走紅之後，就因大批的觀光客而變得熱鬧。富良野最有名的就是薰衣草花田，賞花時節是從七月中旬開始的一個月左右。花田開滿成片豔麗的紫色、粉紅色薰衣草。晴朗日子的天空到處都顯得非常清澈且美麗，即使是盛夏時節，涼爽宜人和伴隨微風飄

畑で、見ごろは7月中旬から1か月間ほどだ。花畑一面にきれいな紫、ピンクのラベンダーが咲き誇る。晴れた日の空はどこまでも澄み切って[4]いてきれいで、季節は真夏でも、程よい[5]涼しさとそよ風に運ばれてくる花の香りが気持ちを穏やかにさせてくれる。

　最後にグルメ。北の冷たい海で獲れる魚は何でもおいしい。ウニといくら、ホタテがたっぷりの海鮮丼は、まるで口の中でとろけるようで実に美味だった。札幌のラーメンもおいしかった。ロース肉を秘伝のタレにつけ込んで焼いたという帯広の豚丼も丼物[6]が好きな者にはたまらない[7]一品だ。

決して〜（ない）　絶對（不）〜

野山に生息している動物に「かわいいから」などと決して餌を与えるようなことはしてはいけない。

絕對不可以「因為很可愛」就對生長在山野的動物做出餵食飼料這樣的行為。

皆様のご親切は決して忘れません。

（我）絕對不會忘記大家的好意。

〜からというもの　從〜之後就

ドラマがヒットしてからというもの、この過疎だった村に、連日大勢の観光客が来てくれるようになった。

自從連續劇走紅之後，這個過去人口相當稀少的村落，變得一連幾天都有大批觀光客造訪。

父は退職してからというもの、毎日、太極拳に精を出している。

父親自從退休之後，每天都很拼命地在練習太極拳。

來的花香讓人心情感到非常放鬆平靜。

　最後要介紹的是美食。在北方的寒冷海域中捕獲的魚，不管哪一種都非常鮮美。盛著滿滿海膽、鮭魚卵和干貝的海鮮丼，就像在口中融化一般，真的很美味。札幌的拉麵也非常好吃。將豬背肉醃漬在秘傳醬汁中再進行燒烤的帶廣豬肉丼，對喜歡丼飯的人來說更是一道絕佳的料理。

＊註：條蟲的同類，原本是在肉食性動物和其他動物之間相互感染。一旦人類受到感染，會引發重大疾病。

＊註：一齣描寫從東京回到故鄉北海道後，在大自然中生活的一家人的連續劇。於一九八一〜二〇〇二年播放，螢是劇中主角的女兒。

1. 出歩く　外出走動、閒逛。
2. キタキツネ　北狐。
3. ラベンダー　薰衣草。（英：lavender）
4. 澄み切る　清澈。
5. 程よい　適宜的，恰好的。
6. 丼物　上頭盛滿菜料的飯食。
7. たまらない　受不了，絕佳的，至上的。

花巻 はな まき

26

● 23

花巻は奥羽山脈と北上高地の雄大な自然に囲まれた風光明媚な景勝地で、美しい自然と奥羽山脈沿い[1]には名の知れた温泉地がある。山に囲まれた土地柄[2]ゆえに山岳信仰の伝統があり、早池峰神社の神事、早池峰岳神楽は５００年以上続く伝統行事で重要無形民俗文化財にもなっている。

早池峰神社では毎年８月１日から例大祭が執り行われ、神楽が奉納される。この伝統行事を見るために、毎年全国各地から大勢の観光客が訪れている。８月中旬には北上川の川辺において「イーハトーブフォーラム 光と音のページェント[3] 花火ファンタジー」*が開催され、およそ７０００発の花火が打ち上げられる

花巻被奧羽山脈及北上高地的壯闊自然所包圍，是塊風光明媚的美景勝地，坐擁美麗大自然與奧羽山脈沿途的著名溫泉地。因被山環繞的風土特性，擁有山岳信仰的傳統，其早池峰神社的神事、早池峰岳神樂，已是流傳五百年以上的傳統儀式，亦是重要無形民俗文化財。

早池峰神社在每年八月一日會舉辦例大祭，獻上神樂。為了欣賞這場傳統儀式，每年從全國各地都有大批遊客湧入。八月中旬在北上川的川岸則會舉辦「IHATOV 廣場 光與音的盛會 煙火幻想」，施放達七千發煙火，是個光輝燦爛的活動。九月第二個星期五、六、日則有從江戶時代至今連續舉辦四百年以上的「花卷祭」，可看見傳統的神樂舞跟眾多神轎、山

煌びやか[4]なイベントがある。9月の第2金曜日、土曜日、日曜日には、「花巻まつり」が催される。江戸時代から400年以上続くお祭りで、伝統の神楽舞＊やたくさんの神輿[5]や山車[6]の見られる豪華なパレードで、花巻の夏はイベントが盛り沢山[7]だ。

そして花巻と言えば、やはり宮沢賢治＊だろう。観光客が花巻を訪れる最大の理由は、宮沢賢治生誕の地だから、と言っても過言ではないかもしれない。詩人、童話作家の宮沢賢治は日本の国民的作家として知られ、花巻は宮沢賢治の数々の作品の舞台、モチーフ[8]となった土地だからだ。

〜において　在〜（地點）

2020年に東京において、二回目のオリンピックが開かれる。

二〇二〇年在東京將舉辦第二次東京奧運。

来年も台北において、国際自転車ショーが開催されるそうだ。

明年在台北好像要舉辦國際自行車展。

〜と言えば　說到〜

チョコレートと言えば、やはり生チョコがいちばんだ。

說到巧克力，還是生巧克力最好吃了。

夕日と言えば、淡水の夕日は実にきれいだ。

說到夕陽，淡水的夕陽真的非常漂亮。

車的豪華大遊行。花卷的夏季活動實在多采多姿。

然後說到花卷，就會想到宮澤賢治。觀光客拜訪花卷的主要理由，可說只因為這裡是宮澤賢治的出生地也不為過。宮澤賢治是詩人、童話作家，以日本的國民作家聞名，花卷是他筆下眾多作品的舞台、主題。

＊註：「IHATOV」是宮澤賢治的自創語言，指賢治心象世界中的理想國。「IHATOV 廣場 光與音的盛會 煙火幻想」是煙火大會的名字。

＊註：在日本神道教的神事中，為了供奉神明所彈奏的歌曲和舞蹈。

＊註：日本詩人、童話作家（一八九六－一九三三年）。篤信佛教並任職於農學校，書寫以農民生活為根的創作。後來了解農民生活後辭去教職，過著開墾生活的同時也指導稻作栽培，主張農民藝術的必要性。他的作品在生前幾近無名，亡後在草野心平與賢治胞弟的努力下推廣到全日本，評價急速攀高而成為國民作家。《不畏風雨》正是賢治亡故後發現的遺作筆記。

1. 沿い　沿〜。
2. 土地柄　土地特性。
3. ページェント　遊行、盛會。
　　（英：pageant）
4. 煌びやか　燦爛奪目的。
5. 神輿　神轎。
6. 山車　山車（巡遊花車）。
7. 盛り沢山　豐富、多采多姿。
8. モチーフ　主題、原型。（法：motif）

◯ 24　それゆえ[1]に花巻の代表的な観光名所には宮沢賢治ゆかり[2]のものが少なくない。宮沢賢治記念館やイギリス海岸*、羅須地人協会*や宮沢賢治イーハトーブ館*に宮沢賢治童話村・賢治の学校*などなど。花巻温泉郷や早池峰神社の伝統神楽があるとは言え、もしこの地が宮沢賢治を生んでいなかったら、果たして[3]花巻が一大観光地と成り得て[4]いたかちょっと疑問に思う程だ。

宮沢賢治は日本人には馴染み深い[5]作家だが、外国でもよく広く知られているというわけではない。作家で翻訳家のロジャー・パルバース*が頑張って、その魅力を伝えようと『銀河鉄道の夜』を英訳したが、外国での知名度向上には繋がらなかったようだ。そのため外国からの観光客の方々の目には、花巻の魅力は温泉

因此花卷的觀光景點有不少都與宮澤賢治有關。宮澤賢治紀念館、英國海岸、羅須地人協會、宮澤賢治 IHATOV 館，再加上宮澤賢治童話村‧賢治的學校等等。雖說原本就有花卷溫泉鄉或早池峰神社的傳統神樂，但要是宮澤賢治不是在此出生，那花卷是否真能成為一大觀光地還頗令人疑惑呢。

宮澤賢治雖是日本人熟知的作家，但在國外並非廣為人知。作家、翻譯家的 Roger Pulvers 雖努力傳達其魅力，將《銀河鐵道之夜》譯成英文，但似乎沒有大幅提升在國外的知名度。因此在國外來的遊客眼中，花卷的魅力就是溫泉與豐饒自然吧；雖然那的確是事實，但對日本遊客來說講到花卷就是來看宮澤賢治。這箇中差異非常有趣。

正在學習日語的人還請一定要看看宮澤賢治的作品。我想一開始可能會覺得很難讀，也

や豊かな自然といったものと映ることだろう。確かにその通り[6]ではあるが、日本人の観光客にとって花巻といえば、宮沢賢治が目当て[7]なわけで、この差異はなかなか面白い現象だ。

日本語を学ばれている方は宮沢賢治作品を是非とも一度読んで頂きたい。最初は難しく感じるかもしれないし、興味が湧かない[8]という方もおられるかと思う。勿論それはそれで構わない。ただ、ひとりの作家とその作品を知ることで花巻という土地の魅力をより深く理解できることになる。

いつか観光で花巻を訪れることがあるならば、その前に宮沢賢治作品に触れてみることをお薦めしたい。

有人難以產生興趣。當然那也無妨，只是了解這位作家與他的作品，就能更深一層了解花卷這塊土地的魅力。

若有天想來造訪花卷，在這之前推薦各位不妨先讀過宮澤賢治的作品。

＊註：花卷車站東方約二公里，由賢治命名的北上川西岸。
＊註：一九二六年宮澤賢治於宮澤家的別館，現在岩手縣花卷市設立的私塾。
＊註：所謂 IHATOV 是宮澤賢治以現實中的岩手風土民情，在心中刻劃的夢想世界。
＊註：宮澤賢治童話村是能玩賞賢治童話世界的「樂習」設施。「賢治的學校」分成「幻想大廳」「宇宙」「天空」「大地」「水」五個區域。「賢治的教室」展示在童話中登場的「植物」「動物」「星」「鳥」「石」等相關展物。
＊註：Roger Pulvers（一九四四～）。美國出身的澳洲作家、翻譯家、劇作家、導演。

1. それゆえ　因此。
2. ゆかり　因緣、有關係。
3. 果たして　究竟。
4. 成り得る　有可能變成。
5. 馴染み深い　熟知。
6. その通り　正是如此。
7. 目当て　目標，企圖。
8. 湧く　湧起，產生。

～とは言え　雖說～

三月の空は明るいとは言え、風はまだ冷たい。
三月的天空雖說晴朗，但風還有些冷。

ダイエットを始めて3か月。少し痩せたとはいえ、まだ1キロだけだ。
開始減肥三個月了，雖說瘦了一點，但也只有一公斤。

それはそれで　那倒是也～

そういう結論になりましたか。まあ少し残念な気もしますが、それはそれでいいでしょう。
已經得到這樣的結論了呀。雖然有些遺憾，但那也不錯吧。

山奥での不自由な生活も慣れれば、それはそれで何とかなるものだ。
只要習慣山中的不便，生活倒是還過得去。

奥州平泉

おう しゅう ひら いずみ

● 25

岩手県は昔、陸奥国という名で通称を奥州と言っていた。中世の頃、日本の中心であった京都から遠く離れていながら、奥州は独自に発展した極めて高い文化を持っていた。北宋とも独自のルートで交易をしていたという記録も残っている。その奥州の中心地が平泉だった。岩手県の観光名所として最も有名であろう中尊寺がその平泉にあり、2011年にユネスコ[1] の世界遺産に登録された。

中尊寺の歴史は古く、嘉祥3年（850年）に比叡山延暦寺の高僧円仁によって開かれたと伝えられる。その後、長治3年（1105年）に奥州を治める[2] 藤原清衡が本格的な造立[3] をした。そして中尊寺といえば金色堂だ。1124年に完成した金色堂はその当

　　岩手縣在過去稱為陸奧國，通稱奧州。中世之時，雖然遠離日本政治中心京都，但奧州仍發展出自己獨特且高度的文化，甚至留下以自己獨有的管道與北宋交易的紀錄。而奧州的中心即是平泉。岩手縣最有名的觀光景點中尊寺就在平泉，並於二〇一一年受聯合國教科文組織登記為世界遺產。

　　中尊寺的歷史相當久遠，據傳在嘉祥三年（八五〇年）由比叡山延曆寺的高僧圓仁所開創。長治三年（一一〇五年），統領奧州的藤原清衡則正式為其造塔建寺。說到中尊寺，最有名的便是金色堂了。一一二四年完工的金色堂可說是當時工藝技術之精髓，也是日本的建築物中最有名氣的一座佛堂。

時の工芸技術の粋[4]といえる建築物で、日本の建造物のなかでも最も名高いもののひとつといえる。

11世紀、奥州は二つの国に分かれて長く争っていた。しかし11世紀末に藤原清衡がその争いに終止符[5]を打ち奥州を平定した[6]。

法華経への信仰が厚かった清衡は、長い戦いによって亡くなった人々を供養するために、中尊寺の造立に着手したと言われる。戦乱によって荒廃した土地の復興には民衆の力が欠かせない。その人心を掴む一手[7]としての中尊寺再興による戦没者供養があったとも思われる。しかし、これには清衡が送った過酷で、かつ数奇[8]な前半生からくる平和への願いも多分に込められていたようだ。上述したように清衡は法華経への信仰がとても厚く、奥州に平和をもたらすという固い意志の表れとして中尊寺の造立、再興があったと考えられている。

中世の日本というのは、朝廷はあっても日本全土を実効支配していたわけでは無く、独立国家の集まりのような一面があったため、全国どこかしらでいつも戦争が起きていた。そんななかで清衡は朝廷に恭順の意を示し、争う姿勢をみせず、奥州統一後は平泉を中心に東北地方を発展させ、江戸時代以前の日本では珍しい100年に渡る長い平和を奥州に築き上げた。

～ざるを得ない　不得不～、只能～

毎月海外出張が続く。しかし会社の命令だから行かざるを得ない。

雖然每個月都要到海外出差，但因為是公司命令所以也只能去了。

漢方薬にも副作用があると言わざるを得ない。

不得不說其實中藥也有副作用。

十一世紀，奧州分成兩個國家彼此長期征戰，但到了十一世紀末，藤原清衡為此戰劃上句點，平定了奧州。

據說虔信法華經的清衡，為了供養長久戰事中犧牲的靈魂，才著手建造了中尊寺。也有一說，為了復興因戰亂而荒廢的土地，民眾的力量是不可或缺的；作為掌握人心的一招，才祭出重建中尊寺並供養戰死者的做法。但渡過坎坷前半生的清衡，應該也深深地許下了祈求和平的心願吧。如同上述，清衡虔信法華經，所以建造中尊寺可能也象徵著要為奧州帶來和平的意思。

中世日本雖有朝廷，但並未實際支配日本全土，較像是多個獨立國家的聯盟，因此全國總有些地方一直有戰事。在這樣的背景下，清衡向朝廷表示恭順，不圖爭霸，統一奧州後以平泉為中心發展東北地區。奧州長達百年以上的和平在江戶時代前的日本可說極為罕見。

1. ユネスコ　聯合國教科文組織。
   （英：UNESCO）
2. 治める　統治。
3. 造立　（佛）建造寺院、佛像。
4. 粋　精粹。
5. 終止符　句點。
6. 平定する　平定。
7. 一手　招數。
8. 数奇　很多。

 26

清衡の死後、その遺骸は金色堂に納められた。金色堂には清衡の曾孫までの奥州藤原氏四代が即身仏になって今も安置されている。しかし、この長く続いた平和な時代も、源氏の内紛で落ち延びてきた源義経＊を三代藤原秀衡が匿った[1]がゆえに、源頼朝に滅ぼされその歴史は潰えてしまう。

奥州滅亡から５００年後の江戸時代、俳人松尾芭蕉が旅の途中、平泉を訪れた。芭蕉は『おくのほそ道』に「藤原氏の居城はすべて無くなり、野原や田となってしまって残った跡形はごく僅かになってしまった」というような内容の一文を書き残している。戦乱の果てに築いた１００年の平和が崩れ去った空しさ、侘しさ[2]に芭蕉は「国破れて山河あり、城春にして草青みたり」と杜甫の漢詩『春望』を引き合いに出し、ややアレンジして奥州の過ぎ去りし昔を偲んで[3]いる。そして詠んだのがこの世にも名高い一句だ。

夏草や兵どもが夢の跡

余談だが『春望』の「城春にして草木深し」を芭蕉は「城春にして草青みたり」とややアレンジして引用

清衡死後，遺體安放在金色堂。金色堂內至今仍藏有直到清衡曾孫的奧州藤原氏四代肉身菩薩。但最後這和平時代，卻因三代藤原秀衡藏匿了在源氏內鬥中出逃的源義經而被源賴朝消滅，其長久歷史也就此崩毀。

奧州滅亡五百年後的江戶時代，俳人松尾芭蕉在旅行途中造訪了平泉。芭蕉在《奧之細道》裡面寫下了這樣的內容：「藤原氏的城塞全都被毀損變成了田野，只剩下少許遺跡」。芭蕉對在戰亂盡頭築起的百年太平瞬間崩毀的虛無、寂寥深有所感，又寫下「國破山河在，城春草木青」。他引用並稍稍改編杜甫的漢詩《春望》，懷想奧州的過往時光，最後唱詠了世所聞名的一句：

夏草或猛兵　皆如遠去之幻夢

題外話，其實芭蕉引用《春望》的「城春草木深」一句時有稍作改變。之所以刻意改變文句趣旨，可能是因為芭蕉拜訪平泉已是六月底，初夏的青葉夏草相當茂密，帶給他深刻印象也說不定。

芭蕉也造訪了清衡等藤原氏四代沉眠的金色堂。芭蕉接著寫下：「七寶佚失，飾珠屏風殘破，金柱受霜雪鏽蝕，即成廢墟之際，四

している。あえて文の趣向を変えたのは、芭蕉が平泉を訪れたのが6月の終わりごろで、初夏の若葉や夏草が生い茂って[4]いたのが強く印象に残っていたのかもしれない。

また芭蕉は清衡ら藤原氏四代が眠る金色堂も訪れている。芭蕉は「七宝散うせて、珠の扉風にやぶれ、金の柱霜雪に朽て、既頽廃空虚の叢と成べきを、四面新に囲て、甍を覆て風雨を凌、暫時千歳の記念とはなれり。」と記している。戦乱で滅ぼされ朽ち果てて[5]草むら[6]になっていてもおかしくないのに、金色堂は四面を新たに囲って屋根瓦を葺いて、平泉の人々によって500年もの長い間大事に保存されている、と驚いている。この大切にされている金色堂に感銘を受けた芭蕉は以下の句を詠んだ。

五月雨の降のこしてや光堂

藤原氏の住まいが風雨に朽ちるなかで金色堂だけが昔の姿のまま輝いている。まるで五月雨もここだけは降り残したかのようだという意味合い[7]だ。水や曇り空を想起させる五月雨という言葉と金色に輝く光堂という単語の対比が清冽な印象を与える一句だ。また、500年前に滅ぼされた君主の遺物を今なお大切にしている平泉の人々への敬意や賞賛も含まれているのではないだろうか。

ここで紹介した奥州の歴史はごくごく[8]簡単なものなので、ご興味を持たれた方は詳しく調べてみると、平泉を観光する際により一層楽しめることと思う。

〜の果てに　〜的盡頭

この大地の果てに何があるんだろう。
這塊大地的盡頭有著什麼呢。
天気のよい日には、あの向こうの山の果てに雪山がかすかに見える。
天氣好的時候，那座山頭後面還能稍微看見雪山。

壁新圍，屋瓦遮風雨，暫且能為懷昔紀念。」寺堂因戰亂而腐爛，就算化為一片草叢也不奇怪，但平泉人民五百年間仍細心維護，在金色堂四面建起新的牆壁、鋪設屋頂磚瓦，令芭蕉大為驚嘆。受此金色堂感動的芭蕉又詠出以下句子：

五月長梅惟不降光堂

意思是藤原氏的居所皆因風雨毀壞，只有金色堂還閃耀如昔，簡直像是五月時的長梅雨僅不降水於此處。令人聯想水或陰天的五月雨與金色燦爛的光堂互成對比，給人清冽印象。其中可能還有對平泉人們珍惜五百年前君主遺物的敬意與讚賞吧。

由於此處介紹的奧州歷史非常簡短，有興趣的讀者不妨詳細調查研究，去平泉觀光時一定更添樂趣。

＊註：兄長源賴朝起兵對抗平氏時奮勇參加、轉戰各地，為消滅平氏最大功臣。之後與賴朝對立成為政敵，為了逃難求往藤原氏所在地奧州平泉。賴朝在一一九二年就任鎌倉幕府初代征夷大將軍。

1. 匿う　藏匿。
2. 侘しさ　寂寥的。
3. 偲ぶ　思念，懷想。
4. 生い茂る　枝葉繁盛。
5. 朽ち果てる　腐爛，腐朽。
6. 草むら　草叢。
7. 意味合い　緣由。
8. ごくごく　非常，相當。

箱根 はこね

🔘 27

実のところ、私は温泉があまり好きではない。なにしろ[1]すぐにのぼせて[2]しまうし、熱い湯に何度も出たり入ったりするのが苦手なのだ。しかし、日本人は温泉が大好きな国民で、日本のいたるところに温泉がある。温泉宿はたいていグループで来た宿泊客で賑わっていて、みなさんニコニコ顔で温泉に浸かっている。

毎年どこかの旅行会社が人気の温泉ランキング[3]というようなものを特集しているが、箱根はベスト３の常連だ。温泉と観光のパッケージ[4]が抜群に良い。しかし

其實，我不是很喜歡溫泉。總之我一泡溫泉就會馬上頭昏腦脹，對這種要多次在熱水中進進出出的活動，我感到相當棘手。但是，日本人是個非常喜歡溫泉的民族，日本到處都有溫泉。溫泉旅館大多因為成團前來的住宿客人而生意興隆，大家都笑臉吟吟地泡著溫泉。

每年都會有某家旅行社做人氣溫泉排行榜這樣的特輯，而箱根經常入選為前三名。箱根溫泉和觀光的套裝行程非常出色，但是如果是大型連假，住宿費一個人恐怕就得花費兩萬日圓以上。說到箱根之所以會像這樣變成一種名

大型連休にでもなれば、宿泊代は一人2万円以上は覚悟しなければならないだろう。なぜかくも箱根がここまでブランド化した[5]のかと言えば、源泉の質とかではなく、一番の要素は富士山がよく見えることに尽きると思う。

日本人は富士山も大好きである。富士山の標高は3,776メートルで、世界的にみれば大したことはないが、単独峰で悠然と大地にそびえ立って[6]いる日本一の山だ。山頂に向かうにしたがって、雪が厚みを増していく姿、夕暮れどきは山が真っ赤に染まり、稜線が浮かび上がっていく富士の姿は文句なし[7]に美しい。あの富士山を見るだけで、何だかとても幸せな気分になれる。

～にしたがって　隨著～

開発が進むにしたがって、自然がどんどん失われている。
隨著開發的進行，大自然的景色逐漸喪失。

父は年を取るにしたがって、短気になってきた。
父親隨著年齡的增加，變得沒有耐性。

牌，我想原因並不是源泉的品質，最重要的原因就在於這裡可以清楚地看到富士山。

日本人也很喜歡富士山。富士山高度海拔三七七六公尺，以全世界來看並沒有什麼了不起，但是因為富士山是單獨一座山峰，悠然地高聳於大地之上，是日本第一的山脈。越朝山頂前進積雪的厚度也隨之增加的樣貌、黃昏時山脈被染成鮮紅色，山稜線也浮現出來的富士山景色，美得無庸置疑。光是看著富士山，就讓人有一種非常幸福的感覺。

1. なにしろ　不管怎樣，總之。
2. のぼせる　頭暈，頭部充血。
3. ランキング　排行榜，名次。
　　（英：ranking）
4. パッケージ　套裝行程。（英：package）
5. ブランド化する　變成一種名牌，名牌化。
6. そびえ立つ　高高聳立。
7. 文句なし　無庸置疑，沒有異議。

©witaya ratanasirikulchai_Shutterstock.com

©Gagliardilmages_Shutterstock.com

©TungCheung_Shutterstock.com

🔘 28　箱根の富士山スポットはいくつかあるが、中でも芦ノ湖の湖畔が有名だ。

芦ノ湖には海賊船という名の遊覧船が就航している。それに乗って雄大な富士山を眺めるのもいいし、周囲の景色を満喫する[1]のもいい。

芦ノ湖湖畔にある桃源台駅からロプーウェイで行く大涌谷から見る富士山も人気が高い。大涌谷駅からは噴煙が立ち上っている[2]閻魔台まで遊歩道が整備されているので、散策[3]が楽しめる。閻魔台には玉子茶屋があって、温泉の成分で黒くなった温泉たまごが人気だ。

箱根的富士山景點有好幾個，其中以蘆之湖湖畔最有名。

蘆之湖有名為海盜船的遊覽船在航行。搭著海盜船，可以遠眺雄偉的富士山，也可以飽覽四周風光。

在蘆之湖湖畔的桃源台車站搭乘纜車前往大涌谷，從這裡眺望到的富士山景色，也非常受到喜愛。從大涌谷車站到噴出煙霧的閻魔台，有鋪設完整的遊覽步道，可以享受散步之樂。閻魔台有玉子茶屋，因為溫泉的成分而變成黑色的溫泉蛋非常受歡迎。

31

箱根の観光は自然はもちろんのこと、「彫刻の森美術館」や「箱根ガラスの森」など芸術鑑賞ができる場所もある。一般の美術館は展示物に触れることはできないが、野外にある「彫刻の森美術館」ではそれができる。「箱根ガラスの森」には、中世のヨーロッパ貴族を熱狂させた[4]グラスの名品がたくさん展示されている。また「箱根関所跡」といった日本の歴史を学べるところもある。

蛇足[5]で繰り返しになるが、箱根はブランド化された観光地であるため、何を買うにしても、乗るにしても値段が高い。個人旅行で芦ノ湖まで行くとしたら、いくつもの電車とロープウェイを乗り継がなければならない。海外からの場合は見所[6]を押さえて、ツアー[7]で訪れたほうが便利で費用も安い。

箱根觀光除了可以享受大自然之外，也有「雕刻之森美術館」「箱根玻璃之森」等可以欣賞藝術的場所。在一般的美術館不能觸碰展示品，但在位於戶外的「雕刻之森美術館」卻可以。在「箱根玻璃之森」，展示著許多讓中世紀歐洲貴族陷入狂熱的玻璃名品。除此之外，還有「箱根關口遺跡」這類可以學習日本歷史的地方。

請容我再多餘地重複一次，因為箱根是一個名牌化的觀光地，不管買什麼或搭乘什麼都非常貴。如果想以自由行的方式到蘆之湖，必須多次轉搭電車和纜車。如果是從國外來，可以鎖定值得欣賞的地方，以跟團的方式造訪，比較方便而且也比較便宜。

1. 満喫する　飽覽，盡情享受。
2. 立ち上る　冒出，噴出。
3. 散策　散步，漫步。
4. 熱狂する　陷入狂熱，熱衷。
5. 蛇足　多餘。
6. 見所　值得欣賞之處，精彩之處。
7. ツアー　旅行團。

～し、～　而且～

この温泉は腰痛に効くし、美容にもいいという。
據說這種溫泉對腰痛很有效，而且對美容也很好。

このレストランはおいしいし、それに安いのがうれしい。
這家餐廳很好吃，而且也很便宜，讓人非常開心。

～にしても～にしても　不管是～還是～

箱根の観光は登山バスにしても、登山鉄道にしても路線が充実している。
箱根的觀光不管是登山巴士還是登山鐵路，有非常多的路線。

旅行で日本へ行くにしても、他の国へ行くにしても、その国の言葉を少しでも勉強してから行ったほうがいいだろう。
不管旅行是去日本還是去其他國家，先學一點該國的語言後再去會比較好吧！

🔘 29

待ち合わせ場所に銀座と言われると、妙に¹構えてしまうのは私だけだろうか。東京の繁華街といえば新宿、渋谷、池袋を筆頭にいくつも名前が出てくるが、そんな中で銀座はやはり別格の地である。私のような庶民になると、銀座に行くにはそれ相応の準備というものがある。

まずは服装。銀座の客層は渋谷のそれとは明らかに違う。みなさんコギレイ²で落ち着いている。年齢層も３０代以上が多い。気合を入れてオシャレをする必要はないが、「新宿で飲み会」「渋谷でランチ」的な格好では行かない。次に財布の中身。ご承知の通り銀座は

一聽到要約在銀座碰面，會分外鄭重其事的人，是不是只有我呢？ 說到東京的鬧區，首先會出現新宿、澀谷、池袋等好幾個地名，然而其中，銀座是個非常獨特的地方。如果是像我一樣的平民老百姓要到銀座去，就需做些相對的準備。

首先是服裝。銀座的客層和澀谷截然不同。大家都穿得相當整潔、大方，年齡層也以三十歲以上居多。雖然不用卯足勁做時髦打扮，但也不會穿著像「在新宿喝酒作樂」或「在澀谷吃午餐」的服裝前往。其次是荷包裡裝的錢。誠如大家所知，銀座林立著世界高級名牌店，是日本地價最高的名人街區。

©Sakarin Sawasdinaka_Shutterstock.com

銀座
ぎんざ

世界の高級ブランドショップが立ち並ぶ日本一地価の高いセレブ[3]の街だ。

だがここ数年、様相が変わり若い客層も増えてきた。ユニクロをはじめ世界の有名なファストファッション[4]の企業が競って銀座に店舗を構え、全国にチェーンを展開しているカフェもできたからだ。ただ「せっかく銀座に来たのだから」と食事や買い物をしてしまうと、なかなか高く付く[5]。懐に余裕のない場合は、ウインドウショッピングに限る。ウインドウディスプレイ[6]を見ながら、自分に合ったオシャレを探してみるのもいいだろう。また銀座は無料で楽しめる画廊やギャラリー[7]の宝庫でもある。ギャラリーマップを入手して、生の芸術鑑賞巡りをするのも銀座ならではの魅力かもしれない。

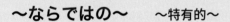

但是這幾年，銀座的樣貌有了轉變，年輕客層也增加了。這是因為 UNIQLO 等世界知名的快速時尚企業爭相在銀座開店，還有全國連鎖的咖啡店設立。只是，如果是覺得「難得來銀座一趟」，就在此用餐或購物，花費絕對會高出預計。如果財力不夠豐厚，最好瀏覽商店的櫥窗。一邊看著櫥窗中的展示，一邊尋找適合自己的裝扮也不錯吧！此外，銀座也是可免費觀賞畫廊和藝廊的寶庫。找份藝廊地圖，來一趟現場藝術鑑賞之旅，或許也是銀座特有的魅力。

～ならではの～　　～特有的～

さすが彼ならではの包丁さばきだ。刺し身の旨さが際立っている。
不愧是他獨特的刀工，生魚片的美味更顯突出。

雪を見ながら、温泉に入る。雪国ならではの楽しみ方だ。
一邊賞雪，一邊泡溫泉，是雪國特有的玩樂方式。

～（ため）には　　（為了）要～

夢をかなえるには、最後まであきらめないことが大切だ。
（為了）要實現夢想，不放棄堅持到最後一刻是很重要的。

近年、災害が多発している。大事な地球の自然を守るには、私たち一人ひとりが真剣に努力をしないといけない。
近年來災害頻繁發生，（為了）要保護重要的地球自然環境，我們每個人必須（為此）奮力才行。

1. 妙に　奇怪地，異常地。
2. コギレイ [な]（小綺麗な）
   漂亮的，整潔的。
3. セレブ　名人，雅士。
   （英：celeb）
4. ファストファッション
   快速時尚。（英：fast fashion）
5. 高く付く　花費高出預計。
6. ウインドウディスプレイ　櫥窗中的展
   示。（英：window display）
7. ギャラリー　藝廊。（英：gallery）

30

早起きして築地の中央卸売市場で朝ご飯を食べるのもお薦めだ。ここは東京の台所と言われ、水産物に関しては日本最大の市場。寿司屋が何軒もあるので、どこに入ろうか迷ってしまうが、どの店も大変おいしくハズレ[1]はない。観光客のマナーの悪さから、市場内にある競り場[2]の見学は一時中止されたが、現在は毎日先着 120 名まで見学が可能だ。

時間があったら、夜の銀座も一度はいかがだろうか。銀座には高級スナックがたくさんあるが、銀座七丁目には大衆ビヤホールもある。1934 年創業で、創業当時とほとんど変わらないレトロ[3]な雰囲気が残っている。ここに足を踏み入れると、当時にタイムスリップ[4]したような気になる。

ここに限らず、銀座にはそこかしこ[5]に古い建物が

我也推薦一早起來，在築地的中央批發市場吃早餐。這裡被稱為東京的廚房，在漁貨方面是日本最大的市場。因為有許多壽司店，會猶豫著不知該走進哪一家，不過不管哪一家都非常美味，不會踩到地雷。因為觀光客的不守規矩，所以市場內的拍賣場曾一度取消開放參觀，但現在則限制每天最早抵達的前一百二十名遊客可入內參觀。

有時間的話，不妨體驗一下夜晚的銀座。銀座雖然有許多高級酒吧，但在銀座七丁目也有一家大眾啤酒屋。這家店創立於一九三四年，現在依然殘留著和開幕當時幾乎一模一樣的復古氛圍。踏入這裡，會覺得時光彷彿回到當時一般。

不只這裡，在銀座到處都殘存著古舊建築，景色相當有韻味。若把街景拍成照片，會發現有很多風景都足以形成一幅畫。銀座正是一個讓舊時美好文化和傳統、以及最先進的技

©Punnathon Kijsanayothin_Shutterstock.com

©DRN Studio, Shutterstock.com

残っていて、景観に風情がある。街並みを写真に撮っ
ていると、絵になる風景が多いことに気づかされる。
まさに銀座は古き良き文化と伝統、それに最先端の技
術やファッションなどが違和感なく共存した情報の発
信地だ。

　最後に余談を一つ。上記のビヤホールの近くに「と
らや」という和菓子屋の老舗がある。日本の商慣習では、
得意先へお詫びに行く場合などは、菓子折り[6] を持って
行くのが常識だが、その手土産として、この店の羊羹
が定番となっている。なぜ定番[7] なのかは分からないが、
ずっしり[8] とした重量感のある日本茶によく合う高級
和菓子だ。

〜に関して　關於〜，與〜相關

ここの図書館でようやく江戸時代の銀座に関する資料を見つ
けることができた。
終於在這裡的圖書館找到江戸時代銀座的相關資料。

本件に関して、何か質問はありませんか。
關於這件事，有什麼問題嗎？

術和時尚等元素，自然地共存的資訊發源地。

　最後再說個題外話，前面提到的啤酒屋附
近，有家名為「虎屋」的和菓子老店。以日本
的商業習慣來說，要到常客那裡道歉的時候，
帶著點心禮盒前往是一種常識，而這時必備
的伴手禮就是這家店的羊羹。不知道這為什麼
（這家羊羹）成為送禮慣例，是非常適合和濃
厚且具份量感的日本茶一起享用的高級日式點
心。

1. ハズレ　落空，沒中。
2. 競り場　拍賣場。
3. レトロ［な］　復古的，懷舊的。
　（英：retrospective）
4. タイムスリップ　穿越時空。
　（和製英語：time+slip）
5. そこかしこ　到處。
6. 菓子折り　點心禮盒。
7. 定番　無關流行、有一定需要的商品，基
　本款。
8. ずっしり　沉甸甸的，沉重的。

横浜 <ruby>横<rt>よこ</rt></ruby><ruby>浜<rt>はま</rt></ruby>

36

🔴 31

<ruby>俗<rt>ぞく</rt></ruby>に<ruby>横浜<rt>よこはま</rt></ruby>というと、<ruby>横浜駅<rt>よこはままえき</rt></ruby>からみなとみらい 21 を<ruby>抜<rt>ぬ</rt></ruby>けて<ruby>中華街<rt>ちゅうかがい</rt></ruby>、<ruby>元町<rt>もとまち</rt></ruby>あたりまでを<ruby>指<rt>さ</rt></ruby>す。<ruby>観光<rt>かんこう</rt></ruby>の<ruby>玄関<rt>げんかん</rt></ruby><ruby>口<rt>ぐち</rt></ruby>は<ruby>横浜駅<rt>よこはままえき</rt></ruby>からＪＲ<ruby>根岸線<rt>ねぎしせん</rt></ruby>で<ruby>一駅<rt>ひとえき</rt></ruby>の<ruby>桜木町駅<rt>さくらぎちょうえき</rt></ruby>。みなとみらい21<ruby>方面<rt>ほうめん</rt></ruby>への<ruby>出口<rt>でぐち</rt></ruby>を<ruby>出<rt>で</rt></ruby>ると、<ruby>眼前<rt>がんぜん</rt></ruby>には<ruby>観覧車<rt>かんらんしゃ</rt></ruby>、<ruby>横浜<rt>よこはま</rt></ruby>ランドマークタワーと３<ruby>棟<rt>とう</rt></ruby>が<ruby>連<rt>つら</rt></ruby>なるクイーンズスクエア<ruby>横浜<rt>よこはま</rt></ruby>、そして<ruby>三日月形<rt>みかづきがた</rt></ruby>[1] のインターコンチネンタルホテルが<ruby>飛<rt>と</rt></ruby>び<ruby>込<rt>こ</rt></ruby>んでくる。<ruby>横浜紹介<rt>よこはましょうかい</rt></ruby>の<ruby>写真<rt>しゃしん</rt></ruby>で<ruby>使<rt>つか</rt></ruby>われることが<ruby>多<rt>おお</rt></ruby>い、「あの<ruby>風景<rt>ふうけい</rt></ruby>」で、ほんのり[2] と<ruby>潮<rt>しお</rt></ruby>の<ruby>香<rt>かお</rt></ruby>りがする。<ruby>摩天楼<rt>まてんろう</rt></ruby>とは<ruby>言<rt>い</rt></ruby>えないが、<ruby>高層<rt>こうそう</rt></ruby>ビル<ruby>群<rt>ぐん</rt></ruby>からの<ruby>隙間風<rt>すきまかぜ</rt></ruby>[3] が<ruby>思<rt>おも</rt></ruby>った<ruby>以上<rt>いじょう</rt></ruby>に<ruby>強<rt>つよ</rt></ruby>いので、<ruby>冬<rt>ふゆ</rt></ruby>はなかなか<ruby>寒<rt>さむ</rt></ruby>い。

　　一般大家講到橫濱，指的是從橫濱車站穿過港未來21，到中華街、元町一帶。觀光的大門是從橫濱車站搭 JR 根岸線只要一站的櫻木町車站。走出往港未來21的出口後，映入眼簾的是摩天輪、橫濱地標塔（Yokohama Landmark Tower）、三棟相連的橫濱皇后廣場（Queen's Square Yokohama），以及新月形的橫濱格蘭洲際大酒店（InterContinental Yokohama Grand）。這是「你我熟知的風景」，在介紹橫濱的相片中經常被使用，可以聞到微微的潮汐香味。雖然稱不上是摩天大樓，但從高樓建築物間吹來的風比想像的更強勁，所以冬天時非常寒冷。

横浜ランドマークタワーを左手に見ながら、ワールドポーターズ方面へと足を進める。ワールドポーターズとは「いろんな世界がここにある」という設計理念のもとに、１９９９年にオープンした複合商業施設で、デートスポットとしても人気が高い。歩道はよく整備されていて歩きやすい。目の前の港には、帆船日本丸が泊まっている。日本丸の隣りには横浜みなと博物館があり、横浜港１５０年の歴史も学べる。ぷらぷら[4]と歩いているだけでも、ずいぶんと良いところに来たものだと思える。海の上の遊歩道は木目の橋で、コツコツと足音が響き、ベンチも用意されている。

夜ここへ来る人たちのお目当て[5]は、何と言っても横浜のシンボルとしての顔を持つ観覧車だ。夜空を彩る大輪のイルミネーションが満喫できる。観覧車の中心部には時刻が表示されていて、チカチカ[6]光っている。午前０時になった瞬間、灯りがパッと消える。これを狙って１０分前くらいからベンチに座っているのだ。消えたあとはちょっぴり[7]寂しい気分になりながら家路につく。

把橫濱地標塔放在我們左手邊，繼續往橫濱世界之窗（World Porters）的方向走。橫濱世界之窗是以「各種世界都聚集在此」這個設計理念為基礎，於一九九九年開幕的複合式商業建築，同時也是一個很受歡迎的約會地點。這裡有完善的步道，走起來非常舒服。眼前的港口停靠著日本丸帆船。日本丸的旁邊有橫濱港博物館，在此可以了解橫濱港一百五十年的歷史。就算只是隨意漫步，也會讓人覺得來到了一個好地方。海上的遊覽步道是木板搭建的橋樑，走起來會響起「叩叩叩」的腳步聲，同時也備有長椅。

晚上來這裡的人，不管怎麼說，大多是以象徵橫濱的摩天輪為目的。在此可以盡情欣賞讓夜空顯得五彩繽紛的大摩天輪霓虹燈。摩天輪中心顯示著時間，閃閃發亮。午夜十二點那一瞬間，燈光會乍然熄滅。人們都會為了欣賞這一刻，提前十分鐘左右就坐在長椅上，燈光熄滅之後，在有點寂寥的心情中步上歸途。

1. 三日月形　新月形。
2. ほんのり　微微，些微。
3. 隙間風　從（窗戶、門）等縫隙裡吹進來的風。
4. ぷらぷら　沒有目的的步行。
5. お目当て　以～為目標。
6. チカチカ　閃閃發亮。
7. ちょっぴり　一點點，些微。

思った（想像した）以上に〜　比想像的更〜

この仕事は思った以上に大変で神経を使う。
這份工作比想像的更耗費許多心思。

横浜は想像していた以上に魅力的な街だった。
橫濱是比想像的更有魅力的城市。

〜のもとに　以〜為基礎，在〜之下

この複合商業施設は「いろんな世界がここにある」というコンセプトのもとに作られた。
這棟複合式商業建築以「各種世界都聚集於此」的概念為基礎來打造。

開発という名のもとに、自然環境がどんどん破壊されてきた。
在開發的名義之下，自然環境逐漸遭到破壞。

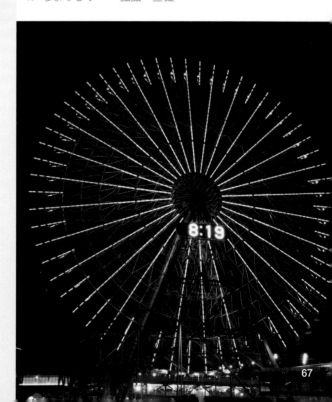

8:19

32

みなとみらい２１から中華街方面へと進むと、赤レンガ倉庫が見えてくる。ここも横浜の人気スポットだ。休日には結婚式をやっていることがあるので、運が良ければきれいな花嫁さんが見られる。そのまま海沿いを歩いて行くと、山下公園が左手に見えてくる。休日ともなれば、大道芸人[1]がパフォーマンス[2]を披露している。最後まで見ているとチップ[3]の帽子が回ってくる。気持ちばかりのコインを入れ、更に先を行くと、ようやく中華街が見えてくる。

さあご飯だ。多くの店があるので個々の紹介は省く[4]が、総じて言えるのは、味付けはやはり日本人向けだ。台湾料理店もあるが、本場台湾とは味が微妙に違う。

さて横浜の名物食で有名なのは崎陽軒のシウマイだが、隠れた名物も数多くある。今回はB級グルメのサ

從港未來 21 往中華街方向前進，可以看到紅磚倉庫，這裡也是橫濱的人氣景點。假日有時會舉行結婚典禮，運氣好的話可以看到漂亮的新娘。繼續沿著海岸步行，在左手邊可以看到山下公園。一到假日，就會有街頭藝人進行表演。看到最後的話，收小費的帽子就會傳過來。放入一點聊表心意的零錢，再繼續往前走，終於可以看到中華街了。

那麼就來吃飯吧！因為店家很多，在此就不一一介紹了，但總的來說，調味都是針對日本人的口味。雖然也有台灣餐廳，但味道和道地的台灣味有著微妙的差異。

橫濱的名產中最有名的是崎陽軒的燒賣，但也有許多不為人知的特產。這次我們來介紹平價美食「生碼麵」。這並不是加了秋刀魚的拉麵，「サンマーメン」的漢字聽說好像寫成「生碼麵」，也可以寫成「生馬麵」。據說起

ンマーメンを紹介しよう。秋刀魚が入っているラーメンではない。漢字では「生碼麺」とも「生馬麺」とも書くらしい。発祥は横浜中華街からと聞くが、諸説あって本当のところは不明だ。もやし、キャベツ、豚肉、きくらげなどを炒め、塩やしょう油で仕上げたあんかけ[5]がラーメンの上に乗っている。このあんが細いちぢれ麺にからんでいて実においしい。ちなみに[6]サンマーメンは横浜市の南部、特に「横浜」界隈[7]の中華料理屋でないとメニューに無い。急いで食べると火傷をするので、ご注意を。味は保証する。

～も（～も）　也～（或）～

横浜中華街はかつて唐人町とも南京町とも呼ばれていた。

横濱中華街以前也被稱為唐人町或南京町。

彼から返信のメールは来たが、同窓会に出席するとも、しないとも書いてなかった。

他雖然有回 e-mail，但也沒寫要或不要出席同學會。

～ばかり（の）　只有

気持ちばかりのチップを箱に入れる。

在箱子中放入聊表心意的小費。

心ばかりの贈り物をする。

贈送聊表心意的禮物。

©bondjb_Shutterstock.com

源地是橫濱的中華街，但眾說紛紜，並不知道真正的起源地。將豆芽、高麗菜、豬肉、木耳炒過，再把用鹽巴和醬油做最後調味的勾芡淋在拉麵上面，這勾芡沾附在細捲麵上，實在非常美味。順帶一提，生碼麵是在橫濱市南部，特別是「橫濱」一帶的中華料理店才有的菜色。如果吃得太急會被燙到，請大家注意。味道是可以掛保證的。

1. 大道芸人　街頭藝人。
2. パフォーマンス　表演。
　　（英：performance）
3. チップ　小費。（英：tip）
4. 省く　省略，節省。
5. あんかけ　勾芡。
6. ちなみに　順帶一提。
7. 界隈　附近，一帶。

🔘 33

代官山は渋谷からひと駅。徒歩圏内の場所にある。この二つの街は距離は近いながらも、その雰囲気は対極と言っていいほど違う。渋谷は人が多くて雑然としているし、道に落ちているごみが目につくことも多い。夜間になるとガラ[1]の宜しくない[2]輩[3]も多くなり、正直なところ[4]長居すると疲れてしまう。

さて代官山はというと、その雰囲気は一変し洗練された高級感ただよう街になる。代官山という街の名前の由来は代官屋敷*があったからとか、代官の所有する山林があったからとか諸説あるが、確かな資料は

代官山距離澀谷一站，是步行即可抵達的地方。這兩個街區雖然距離很近，但氣氛相當不一樣，可說是完全相反。澀谷人潮洶湧、雜沓，也常看到路上有垃圾。入夜之後，品行不佳之徒也會變多，老實說待久了會讓人覺得很累。

說到代官山，這裡的氣氛截然不同，是一個優雅、散發著高級感的街區。代官山這個地名的由來有各種不同的說法，包括因為這裡有著古代地方官員的宅邸、或這裡有著古代地方官員所擁有的山林等等，然而並沒有留下明確的資料。走在路上的人年齡多半比澀谷來得高，大家都打扮得很整潔、亮麗。而在店家

代官山
だいかんやま

©Sira Anamwong_Shutterstock.com

©Piyawan Charoenlimkul_Shutterstock.com

残っていない。街を歩く人の年齢層も渋谷と比べて高くなり、小奇麗な格好をしている。お店にしても、渋谷はヒカリエや１０９、パルコといった複合商業施設が多いのに対し、代官山はブランド店や専門店が多い。

正直なところ代官山のお店は値段が高い。何年か前に代官山でコーヒーを飲んだことがあるが、1杯７００円くらいした。代官山でショッピングしたり食事したりするとあっという間にいい値段になってしまう。テレビによく出演している有名シェフ[5]の店もあるのだが、大人になって財布に余裕ができたときにでも行ってみてはいかがだろうか。ランチで５０００円くらい払うとかなりおいしいものが食べられるようだ。私もいい年をした[6]大人であるが、ランチに５０００円を払う勇気はあまり無い。

方面，澀谷有許多像是 Shibuya Hikarie 或 109、PARCO 等複合型商場，相對的，代官山則是較多名牌店或專賣店。

老實說，代官山的店家消費很高。幾年前，我曾經在代官山喝過咖啡，當時一杯花了七百日圓左右。在代官山購物、吃飯的話，一下子就會花上很多錢。這裡也有常上電視的知名主廚的餐廳，但我建議大家可以在長大、有足夠經濟能力之後再去品嘗看看。付出五千日圓左右，好像可以享用一頓非常美味的午餐。我雖然也已經是個有點年紀的大人了，但還沒有勇氣花五千日圓吃一頓午飯。

＊註：戰國、幕府時代地方官員的宅邸。

1. ガラ（柄）　人品，性格。
2. 宜しい　適當的，好的。
3. 輩　徒，同夥。
4. 正直なところ　老實說。
5. シェフ　主廚。（法：chef）
6. いい年をした　有了一點年紀的～，上了年紀的～。

～ながら（も）　雖然～但～

体に悪いと知りながらも、毎晩夜更かしをしている。
雖然知道對身體不好，但還是每天熬夜。
残念ながら用事があって、同窓会を兼ねた旅行には参加できなかった。
很可惜因為有事，無法參加兼同學會的旅行。

～に対し（て）　相對於～，相對的～

この町は、東側には緑が多いのに対し、西側には住宅が密集している。
這個街區的東側綠意盎然，相對於此，西側則布滿了住宅。
双子の姉妹であっても、姉のほうはアウトドア派なのに対して、妹のほうは家にいるのが好きなようだ。
雖然是雙胞胎姊妹，相對於姐姐喜歡戶外活動，妹妹似乎比較喜歡待在家裡。

©Piyawan Charoenlimkul_Shutterstock.com

● 34

こう書いていると、いかにも¹代官山は高い店しかなくて、お金持ちでないと楽しめない街のように感じるかもしれない。確かにそういう一面はあるが、散歩とウインドーショッピングを組み合わせられれば、それなり²に楽しめる。どちらかというと、駅を降りて目的地に一直線というよりは、当てもなく³ぶらぶらと歩きながら、いいと思ったお店を覗いてみるのが、代官山の雰囲気を味わうには向いていると思う。ちなみに麻布から代官山にかけては諸外国の大使館、領事館が多い。代官山にもエジプト、マレーシア、デンマーク、アラブ首長国連邦の大使館などがある。中には入れてもらえないが、建物には各国の特徴が出ているので眺めて回る大使館巡りも面白い。

這麼一寫，實在會覺得代官山就只有昂貴的商店，是個如果不是有錢人，就無法享受的街區。的確是有這一面，不過如果將散步搭配上逛櫥窗，也是有其獨特的樂趣。要說的話，比起出了車站後就直接前往目的地，毫無目標地隨意散步，同時看看自己覺得不錯的店家，還比較能夠感受代官山的氣氛。順帶一提，從麻布到代官山有許多各國大使館和領事館。在代官山也有埃及、馬來西亞、丹麥、阿拉伯聯合大公國等國的大使館。雖然沒辦法入內一探，但建築物都展現了各國的特色，所以光是到處看看，來趟各國大使館巡禮也很有樂趣。

趁著散步之便，順便為大家介紹一個不花錢的景點，那就是以租借 DVD 聞名的 TSUTAYA 所經營的蔦屋書店。這裡齊備了從

散歩のついでにお金のかからないスポットをひとつ紹介しておこう。レンタル[4]ＤＶＤで有名なＴＳＵＴＡＹＡが運営する蔦屋書店だ。本から映画や音楽、文芸に関するものまで一通り[5]揃っている、都内でも屈指の大型書店である。店内にはソファーがあって、気になる本やＤＶＤ・ＣＤをゆっくり選べるし、コーヒーコーナーもある。

建物の外観は一見しただけでは、本屋とはわかりにくく、どちらかというと大学のキャンパスのようなたたずまい[6]である。敷地内には中庭もあって、晴れた日には青空を見ながら小休止もできる。ぶらり[7]と立ち寄るだけでも、かなりの時間をつぶせる空間だ。

書籍、電影到音樂等藝文相關產品，是東京都內首屈一指的大型書店。店內有沙發，可以悠閒地選擇中意的書和 DVD、CD，另外也還有咖啡座。

　　光是看建築的外觀，很難知道這裡是書店，要說的話，它的樣子還比較像大學校園。占地內還有中庭，天氣好時可以一邊看著藍天，一邊小憩。這是一個即使隨興順道過來，也可消磨大把時間的空間。

42

1. いかにも　　實在，非常。
2. それなり　　相應的，恰如其分。
3. 当てもなく　沒有目標，漫無目的。
4. レンタル　　租賃。（英：rental）
5. 一通り　　　應有盡有。
6. たたずまい　模樣，身影。
7. ぶらり　　　隨興，信步。

～というよりは　比起～，與其說～

彼は作家というよりは、漫画家といったほうがわかりやすい。
與其說他是個作家，倒不如說他是個漫畫家還比較容易理解。

音楽は歌うというよりは、自分で楽器を演奏することのほうが好きだ。
說到音樂，比起唱歌，我還比較喜歡自己彈奏樂器。

～ついでに　順便，趁～之便

散歩のついでに今晩の食材を買ってこよう。
散步時，順便買今天晚上的食材吧！

姉：出かけるの？じゃ、ついでにこの手紙、駅前のポストに投函してくれない。

弟：うん、いいよ。

姉：要出去嗎？那可以順便幫我把這封信投進車站前的郵筒嗎？

弟：嗯，好啊。

©Osugi_Shutterstock.com

35

私は東京の下町っ子¹ではないが、「業平橋」という駅名にはとても愛着²があった。子どもの頃から東武伊勢崎線に乗る機会が多かったからだろう。ところが残念なことに、東京スカイツリーのオープンに併せて駅名が変わってしまった。

駅名は「とうきょうスカイツリー」、そのままである。なんだか粋に³感じないのは私だけだろうか。東京スカイツリーのある墨田区と言えば、いわゆる江戸っ子の町で、あまり観光地にはそぐわない⁴イメージを持っていた。東京の新名所としてスカイツリーの建設が始まっ

雖然我並非在東京的老街長大，但我對「業平橋」這個站名有很深的情感。或許是因為從孩提時代開始，我就常有機會搭乘東武伊勢崎線。然而很遺憾的，這個站名已經隨著東京晴空塔的開幕而改變了。

站名就直接叫「東京晴空塔」，總覺得這個站名不夠優雅的人是否只有我呢？說到東京晴空塔所在的墨田區，這裡是所謂江戶之子的城鎮，讓我不太有觀光景點的印象。要開始建設晴空塔作為東京新景點的時候，我實在難以置信。

話雖如此，但新景點還是令我好奇，所以

たときは、正直どうかと思ったものだった。

　と言いつつも、ニュースポットは気になるので、ある週末に出かけてみた。業平橋ならぬ、とうきょうスカイツリー駅を降りると、すぐそこに東京スカイツリーがそびえ立って[5]いた。東京ソラマチはスカイツリーの周りにあるショッピングモールだ。オープンして間もなく、しかも週末ということもあって、混雑ぶりは半端ではない[6]。しかし意外に思ったのは、この新名所が町の雰囲気に溶け込んでいることだった。

　さて東京ソラマチは階段を上ってエントランスに向かうのだが、どうしても目の前のスカイツリーの天辺[7]が見たくなる。周りのみなさんも同じことをしているが、真上を見上げているような体勢になるので、すぐに首が痛くなる。その高さに驚きながら、人の流れに合わせて歩いているうちにソラマチの中へと入った。

我在某個週末試著前往造訪。在東京晴空塔站，而非業平橋站下車之後，眼前便是高高聳立的東京晴空塔。東京晴空街道是位於晴空塔周圍的購物中心。因為剛開幕，而且又是週末，人潮洶湧的程度可非一般。不過，讓我感到意外的是，這個新景點完全融入了老街的氣氛。

接著，要進入東京晴空街道得先爬樓梯到入口，但我總是忍不住想看看眼前晴空塔的頂端。周圍的人也做著一樣的動作，然而因為姿勢是朝著正上方往上望，脖子馬上就感到痠痛。我在為晴空塔的高度感到驚訝的同時，一邊也隨著人潮的方向前進，走著走著就進入了晴空街道。

1. 下町っ子　在老街長大的人。
2. 愛着　深愛，無法忘懷。
3. 粋 [な]　優雅的，美麗的。
4. そぐわない　不適合，不相稱。
5. そびえ立つ　高高聳立。
6. 半端ではない（半端じゃない）
　　相當，非常。
7. 天辺　頂端，頂峰。

～ならぬ　不是～

スカイツリーの完成には並々ならぬ苦労があったと思われる。
晴空塔的完成，經歷了一番不尋常的辛苦。
昨晩、テレビのあるクイズ番組で正解ならぬ珍回答が続出していた。
昨天晚上，電視的某個猜謎節目中，相繼出現了非正確答案的絕妙回答。

～ということもあって　也因為～，再加上～

週末ということもあって、東京スカイツリーの混雑ぶりは半端ではなかった。
也因為是週末，東京晴空塔非常擁擠。
子どもの頃は体が弱かったということもあって、激しい運動をすることはなかった。
孩提時代也因為身體很虛弱，沒有做激烈的運動。

©TK Kurikawa_Shutterstock.com
©Takashi Images_Shutterstock.com

🔊 36

ソラマチには３００を越す多彩な店舗が集結している。各フロアを楽しみながら６階まできた。６階と７階はレストラン街になっている。そこで６階にある和食の店に入り、うどんに寿司とてんぷら付きの定食を注文した。なかなかのボリューム[1]で味もよかった。

お腹がいっぱいになったので、８階のプラネタリウム[2]「天空」へ。深くリクライニングされた[3]座席に埋もれて、天井に映し出された満天の星を眺める。そう言えば小学生の頃、林間学校[4]でどこかの高原に行ったことがある。夜、ふと空を見上げると、満天の星が輝いていた。生まれて初めて天の川を見たことをボンヤリ[5]と思い出した。

こんなキレイな星空を直に見たいものだが、大気汚染もあって、最近は田舎に行ってもキレイな星空を見

晴空街道聚集了超過三百家各式各樣的店鋪。我一邊在每個樓層玩樂，一邊來到了六樓。六樓和七樓是餐廳樓層。我進了六樓的日式料理店，點了附壽司、天婦羅的烏龍麵套餐。分量很多，味道也不錯。

因為吃得很飽，我前往八樓的天文館「天空」。坐在深深往後仰的座位上，眺望映照在天花板的滿天星斗。對了，說到這裡，小學時我曾經在森林教學時去過某個高原。晚上，突然仰望天空時，滿天的星星閃閃發亮。我模糊想起這輩子頭一次看到銀河的經驗。

雖然很想直接看看這麼漂亮的星空，但也因空氣污染，最近就算去到鄉下，看到美麗星空的機會變少了。我感到有點寂寞，覺得首先我們應該在能力範圍之內，過善待環境的環保生活。

近年，東京不斷進行再開發，出現了好

ることは少なくなった。少々しんみり[6]した気分になり、まずは自分に出来る環境に良いエコな生活をすることだと思った。

近年、東京は再開発が進みニュースポットが幾つもできている。お台場のダイバーシティ東京、東急プラザ表参道原宿、渋谷のヒカリエなど、ほとんどが商業施設で、商品の品揃えは大変充実している。

各スポットとも距離はさほど離れていないので、1日にハシゴする[7]ことは十分可能だが、こういう施設は時間をかけてじっくりと回ってみるのも楽しい。

東京は完成された都市だと思っていたが、時代の変化とともに、どんどん変わっていく姿を改めて実感した週末だった。

幾個新景點。台場的 DiverCity 東京、東急 Plaza 表參道原宿、澀谷的 Hikarie 等等，幾乎都是商業設施，商品種類相當豐富多元。各個景點的距離都不是太遠，所以一天走遍不是難事，但如果可以花點時間在這些地方慢慢逛也會很開心。

我原以為東京已經是一個高度開發的都市，但這個週末讓我深深感受到，隨著時代的變化，它的樣貌也會漸漸地轉變下去。

1. ボリューム　分量。（英：volume）
2. プラネタリウム　天文館，天象儀。（英：planetarium）
3. リクライニングする　後躺，斜倚。（英：reclining）
4. 林間学校　森林教學。夏天時，在高原等地過團體生活，藉以促進學生身體健康的教學活動。
5. ボンヤリ　朦朧地。
6. しんみり　寂寞地，感慨地。
7. ハシゴする　在同類型的商店或設施間四處走動。

そう言えば　對了，說到這個

男：来月、鈴木さんが帰国するんだって。大阪で仕事が見つかったらしいよ。
女：あらっ、良かったわね。そう言えば、昨年帰国した山田さんはお元気かしら。

男：聽說下個月，鈴木先生要回國了。好像在大阪找到工作了。
女：哇，太好了！對了，去年回國的山田先生還好嗎？

～ていく／～てくる　～下去／～起來（表示變化）

時代とともにどんどん変わっていく東京の姿を改めて実感した。
我再度感受到，隨著時代的轉變，東京的樣貌也會漸漸地轉變下去。
経済の発展とともに車が増えてきた。
隨著經濟的發展，汽車漸漸多了起來。

©Kant Komalashangkoon_Shutterstock.com

37

JR中央線沿線は住宅地として、かなり人気がある。中野から高円寺、阿佐ヶ谷、荻窪、吉祥寺と続いていくこのあたりは特に人気が高い。家賃もけっこうなお値段になるが、高円寺や阿佐ヶ谷には一人暮らしの若者も多い。

今回のスポットは高円寺ということだが、観光という観点に絞っていえば、あえて観光するほどのものは、そう多くはない。ただの普通の街だ。だが住んでみると、住みやすいというか、味わい深い[1]というか、なかなか面白いところだ。

JR中央線沿線以住宅區來說，十分受歡迎。從中野一直到高圓寺、阿佐谷、荻窪、吉祥寺這一帶特別有人氣。雖然房租也要花上不少錢，但在高圓寺和阿佐谷，還是有很多獨立租屋的年輕人。

這次要介紹的景點是高圓寺這個地方，但如果將焦點放在觀光，可以遊覽玩耍的東西，並沒有那麼多，就只是一個普通的街區。不過如果住在這裡，不知該說是非常適合居住，還是非常有味道，總之是個很有趣的地方。

為什麼說適合居住呢？或許是因為沒有大型的商業設施，只有車站附近的幾條商店街比較繁榮熱鬧吧！而且這裡的商店街很有活

©OliOpi_Shutterstock.com

高円寺

なぜ住みやすいのか。それは大規模な商業施設がなく、駅周辺に幾つかの商店街が発達していることだろうか。またこの商店街が元気なのだ。若者向けの衣料品店、それに雑貨店、安価な飲食店、古本屋、小さなライブハウス[2]などが軒を連ね、休日になると多くの若者たちが押し寄せてくる。

高円寺には１０軒以上もライブハウスがあるので、この街に住んでいるバンドマン[3]も多い。街を歩いていると、ファンキーなファッションをした若者に遭遇することがある。中にはかなり奇異ないでたち[4]の人もいるが、そのさま[5]は高円寺によく馴染んでいる。

毎晩どこかのライブハウスでアマチュア[6]からプロまで色々なバンドが熱い演奏を繰り広げて[7]いる。物は試しで入ってみるのもいいかもしれない。

力。以年輕人為訴求的服飾店，加上生活小物店、便宜的餐飲店、二手書店、小型音樂展演空間等比鄰而立，一到假日，就有許多年輕人群集於此。

高圓寺有多達十多家的音樂展演空間，所以有很多樂團團員都住在這一帶。走在街上，有時候會遇到奇裝異服的年輕人。其中也有人打扮得格外另類，然而他們的模樣卻和高圓寺融成一片。

每天晚上總是在某間音樂展演空間進行著從業餘到專業的各種樂團熱情的演奏。凡事都得親自體驗一下，不妨進去瞧一瞧。

1. 味わい深い　非常有味道的。
2. ライブハウス　音樂展演空間。
　（英：live house）
3. バンドマン　樂團團員。
　（英：bandsman）
4. いでたち　打扮。
5. さま　模様，様貌。
6. アマチュア　業餘，素人。
　（英：amateur）
7. 繰り広げる　展開，進行。

あえて〜ない　並沒有特別〜

ここにはあえて名物と言えるようなものはない。
在這裡並沒有特別能稱得上是特產的東西。
その件については、今さらあえて触れることはない。
關於那件事，事到如今不需要特別去提及。

〜というか〜というか　不知該說是〜還是〜

高円寺は住みやすいというか、味わい深いというか、なかなか面白いところだ。
高圓寺不知該說是很適合居住，還是很有味道，是個相當有趣的地方。
政策に期待が持てないというか、政治に関心がないというか、選挙に行かない若者が増えている。
不知該說是對政策不抱期待，還是對政治不關心，選舉時不投票的年輕人增加了。

©OliOpi_Shutterstock.com

38

駅周辺には 100 軒以上も古着屋がある。財布の中身
は厳しいが、おしゃれはしたい、そんな人達にはもっ
てこい[1]の店で、数百円から一万円以上までと選び放
題だ。ライブハウスといい古着屋といい、若者文化に
寛容な雰囲気がここにはある。

おいしくてそこそこ安い食べ物屋も見逃せない[2]。定
食屋にラーメン屋、洋食から中華、寿司屋までと、ほ
ぼ何でもそろっている。「何を食べようか」などと言い
ながら、ブラブラできる商店街は今や日本には数少な
い。東京に住んでいるとなかなか気づかないが、何か
を食べるにしても、買うにしても選択肢が多いという
のはありがたいものだ。

最後に、高円寺の阿波踊りを紹介しよう。JR高円
寺駅から地下鉄新高円寺駅までの通りにかけて、毎年

車站四周有多達一百家以上的二手服飾
店。這種店正適合錢包裡沒什麼錢，但還是想
打扮自己的人，店裡從數百日圓到一萬日圓以
上的商品都是任君挑選。不管是音樂展演空間
還是二手服飾店，這裡有一股包容年輕人文化
的氛圍。

好吃又還算便宜的餐廳也不容錯過。從定
食店及拉麵店、日式西餐到中國菜、壽司店，
幾乎一應俱全。可以一邊說著「該吃什麼好
呢」、一邊悠閒漫步的商店街，在日本現在不
多了。雖然住在東京後就容易忽略，但不管要
吃什麼、要買什麼都有很多選擇，這點真的是
非常值得感激。

最後，介紹一下高圓寺的阿波舞。從JR
高圓寺站到地下鐵新高圓寺站的馬路上，每年
八月底都會舉行盛大的祭典。為什麼四國德島
的阿波舞會在高圓寺舉行呢？有一種說法，

46

8月の終わりに盛大な祭りが開催される。四国徳島の阿波踊りがなぜ高円寺で行われているのか。一説には戦争で焼け野原になってしまった東京に、町興し[3]の起爆剤として導入されたとも言われている。今では本場徳島からも参加者がやってくるほどで、毎年100万人規模の集客がある祭りだ。

肌がべとつく[4]ような蒸し暑さの中、ビールにうちわ、ラムネやジュースを飲んでいる見物客の前を威勢のいい掛け声とともに、笛や太鼓、三味線のお囃子[5]にのった踊りの連[6]が怒涛の如く進んでいく。そのエネルギーたるや大変なものである。これぞまさしく[7]日本の夏、日本の祭りだ。

懐かしさと新しい文化が融合している高円寺は、知れば知るほど味わいがでてくる街だ。

聽說阿波舞被視為引信，導入當時因戰爭而燒成一片荒野的東京，希望能帶動都市的振興。現在是每年都會聚集一百萬人規模的祭典，甚至也有參加者從發源地德島來到這裡。

在全身黏答答的悶熱天氣中，在手拿啤酒加上團扇、喝著彈珠汽水或果汁的觀眾面前，舞者的隊伍發出雄壯威武的叫喊聲，並隨著笛子或太鼓、三味線的伴奏，如怒濤般前進。說到那股活力，真不是蓋的！這正是日本的夏天、日本的祭典。

融合了懷舊和新文化的高圓寺，真是個越了解就越能發現趣味的街區。

1. もってこい [な]　適合的，再好不過的。
2. 見逃せない　不容錯過的。
3. 町興し　振興都市。
4. べとつく　黏答答。
5. お囃子　舞蹈或歌唱的伴奏。
6. 踊りの連　在阿波舞中，一個跳舞團體稱為一連。
7. まさしく　正是。

～といい、～といい　不管是～還是～

この花瓶は色といい形といいなかなかのものだ。
這個花瓶不管是顏色還是造型都非常不錯。

あの人の奥さんは容姿といい知性といい、申し分のない女性だ。加えて性格もいい。
那個人的太太不管是容貌還是內涵，都是無可挑剔的女性。而且個性也很好。

～たるや　說到～

彼の怒りたるや大変なものだった。
說到他的憤怒真是不得了。

児童養護施設にサンタクロースが突然現れた。子どもたちの喜びたるや、それはもう言葉では表せないぐらいだった。
聖誕老人突然出現在兒童養護機構。說到孩子們欣喜的程度，那真的非言語所能形容。

©Nattee Chalermtiragool_ Shutterstock.com

渋谷

39

　学生の頃は週に二回渋谷へ通っていた。決して渋谷が好きだったからというわけではない。必要に迫られて仕方なくアルバイトで行っていた。食堂の調理場でひたすら[1]揚げ物を作る仕事を担当していた。渋谷の客数は半端ではない。次から次へと、息つく暇もない[2]くらいオーダーが来る。深夜にもなれば終電に乗り損ねた[3]人たちがやってくる。飲んだり食べたりしながら始発まで時間を潰すのだ。みんな若い人たちばかりと思いきや、けっこう年配の人もいた。あの頃は特に何も考えていなかったが、今になって思えば随分とエネルギーに溢れている街だった。

　學生時代我一個禮拜去澀谷兩次，但絕不是因為喜歡澀谷，而是迫於需要，不得已去打工的。我負責在餐廳廚房裡炸東西的工作。澀谷的客人數量非常多，點菜單不斷送進來，完全沒有喘息的空檔。夜深後，沒趕上最後一班電車的人到來，一邊吃吃喝喝，一邊消磨時間等待第一班電車。本以為都是些年輕人，沒想到也有很多上了年紀的人。當時並沒有想太多，但現在回想起來，真是個充滿活力的地區。

　我搭東橫線前往打工的地方。乘車時我總是會坐在最前面的車廂。當運氣好，占到駕駛座正後方的位置時，從駕駛座眺望風景是我的

アルバイト先へは東横線で通っていた。お決まりの乗車ポイントは先頭車両。運良く運転席の真後ろに陣取れた[4]ときは、運転席から見える風景が楽しみのひとつだった。終点の渋谷駅はかまぼこ型の屋根が特徴の駅舎で、線路は駅のホームの先端で行き止まりになっている。4つあるホームのどれかに電車がゆっくり入っていくと、その先に車輪止めが見えてくる。

都会ではなかなか珍しいタイプの駅だったが、そんな渋谷駅も東急東横線と東京メトロ副都心線の直通運転にともない、3月16日で地上駅としての歴史に幕を下ろし[5]、新たに地下駅としてスタートを切った。

慣れ親しんだ[6]駅がなくなってしまうのは名残惜しい[7]が、駅周辺は今後も15年かけてさらに再開発が進められるという。

樂趣之一。終點澀谷站是以半圓形屋頂為特徵的車站，軌道一直延伸到車站的月台前端。當電車緩緩駛入四個月台的其中之一時，前方可以看到列車停止裝置。

這是在都市中相當罕見的一種車站。這樣的澀谷站隨著東急東橫線和東京地下鐵副都心線的直達通車，地面車站的歷史在三月十六日畫下終點，搖身一變成為地下車站。

熟悉的車站消失讓人感到依依不捨，但據說今後車站周圍將花十五年的時間進行重新開發。

1. ひたすら　一味，一個勁兒。
2. 息つく暇もない　沒時間喘息，片刻不得閒。
3. 乗り損ねる　沒趕上。
4. 陣取る　布陣，占據。
5. 幕を下ろす　落幕，結束。
6. 慣れ親しむ　熟悉，備感親切。
7. 名残惜しい　依依不捨的。

〜と思いきや　本以為〜

みんな若い人たちばかりと思いきや、けっこう年配の人もいた。
本以為都是些年輕人，沒想到也有很多上了年紀的人。

春になるかと思いきや、また冬型の天気になってしまった。
本以為春天已到，沒想到又變成冬季型的天氣。

〜にともない　隨著〜

東急東横線と東京メトロ副都心線の直通運転にともない、乗り換えなしで行き来できるようになった。
隨著東急東橫線和東京地下鐵副都心線的直達通車，變得不用換車就可以來來去去。

オーナーが変ったことにともない、レストランの名前も変更された。
隨著老闆的更換，餐廳的名稱也有所改變。

○ 40

さて、東横線の新しい渋谷駅はというと、渋谷ヒカリエの地下５階になる。渋谷ヒカリエは渋谷の新しいシンボルともいえる複合商業施設で２０１２年４月に開業した。場所は東急文化会館の跡地だ。アルバイトをしていた頃、たまに東急文化会館へ映画を見に行った記憶がある。東急文化会館の開業は１９５６年。当初は渋谷を代表する場所のひとつでかなりの賑わいを見せていたらしいが、私が行っていた頃は少々くたびれた¹感じの建物になっていた。渋谷といえば、日本の流行の最先端を行くような場所なのに、古ぼけた²建物が駅前にドンと³構えていることに何となく違和感を

接著，說到東橫線的新澀谷站，位於澀谷Hikarie地下五樓。澀谷Hikarie是一座堪稱為澀谷新地標的複合型商業設施，於二○一二年四月開幕。地點在東急文化會館的舊址。我記得打工時偶爾會去東急文化會館看電影。東急文化會館於一九五六年開業，當初似乎是澀谷的代表性場所之一，非常熱鬧繁榮，不過我去的時候已是一棟有點破舊不堪的建築了。說到澀谷，這地方雖然走在日本流行的最前端，但車站前很有氣勢坐落著的老舊建築總讓人感覺有點不搭調，不過當我察覺時，已經在不知不覺中搖身一變成為澀谷Hikarie了。

車站前使人車分離的交叉路口，白天人潮聚集，入夜則有喝醉的年輕人高聲闊步。車站

©Luciano Mortula - LGM_Shutterstock.com

覚えた[4]ものだったが、気が付けばいつの間にか渋谷ヒカリエに生まれ変わっている。

　駅前のスクランブル交差点[5]は昼間は人で溢れ返り、夜中には若い酔っ払いが大声を上げて闊歩している。駅の入口付近には、雑誌を売っている怪しげな露天商人から、別れを惜しむ恋人たち、誰彼構わず[6]声をかけるキャッチセールス[7]、酔い潰れて寝込んでしまう人までいる。「洗練された街」などという言葉はまったく似合わず、ゴミゴミしていて蒸し返るほどの熱気が充満している。渋谷に出かけて帰ってくると、尋常でないほどの疲れが体を襲う。それだけ散策にも買い物にも、エネルギーを消費する場所だ。渋谷はパワーがないと楽しめない東京が世界に誇る大繁華街なのだ。

©Matej Kastelic_Shutterstock.com

入口附近有著賣雜誌的可疑路邊小販、捨不得分開的情侶、不在意他人眼光大聲兜售的商人，以及醉倒在路邊的人等等，與「洗鍊沉穩的街道」等字眼大相逕庭，雜亂無章，瀰漫著一股悶熱的熱氣。前往澀谷回家之後，全身襲來一股異常的疲憊感。它也的確是個可以散步、買東西、消耗體力的地方。澀谷是一個沒有活力就無法盡情享受、足以讓東京誇耀全球的鬧區。

〜はというと　說到〜

東横線の新しい渋谷駅はというと、渋谷ヒカリエの地下5階になる。
說到東橫線的新澀谷車站，位於澀谷 Hikarie 的地下五樓。

たいていの日本人はみそ汁が好きだが、あの人はというとまったく飲まないという。
大部分的日本人都喜歡味噌湯，但說到那個人，聽說完全不喝。

何となく　感覺上〜，無意中〜

駅前の古ぼけた建物に何となく違和感を覚えていた。
車站前的老舊建築感覺上有點不搭調。

今日も何となく一日が過ぎてしまった。
今天也不知不覺地過了。

1. くたびれる　用舊，破舊不堪。
2. 古ぼける　陳舊。
3. ドンと　很有氣勢地。
4. 違和感を覚える　感到不搭調。
5. スクランブル交差点　行人專用時相。
6. 誰彼構わず　不在意別人。
7. キャッチセールス　路邊兜售。
　（和製英語：catch+sales）

鎌倉
かまくら

🔘 41

中学生のとき、歴史の授業で「いい国つくろう鎌倉幕府」という語呂合わせ[1]を習った。武家政権の始まりである鎌倉幕府が、源頼朝によって開かれたのが1192年（いいくに）という意味だ。だが壇ノ浦の戦い[2]で平氏*を滅ぼした1185年のほうが有力説となり、最近になって教科書の内容が「いいはこ（1185）つくろう鎌倉幕府」に改訂されたようだ。

さて三方を山に囲まれ、南は海に面した武家の古都・鎌倉の特徴は寺社仏閣や自然が多くあり、歩き回って楽しめる街だ。まずは鎌倉駅から徒歩10分の鶴岡八

中學時，在歷史課學到了「いい国つくろう鎌倉幕府」這句諧音順口溜。意思是武家政權的起源──鎌倉幕府是由源頼朝在一一九二（日文發音近似：いいくに）年開創。但是在壇之浦戰役中消滅平家的一一八五年成為更有力的學說，於是最近教科書的內容似乎被改訂為「いいはこ（一一八五）つくろう鎌倉幕府」。

三面被山脈包圍，南邊面海的武家古都鎌倉的特徵是，有許多寺廟禪舍和自然風光；是一個可以到處走逛玩樂的城鎮。首先，我們到距鎌倉站徒步十分鐘的鶴岡八幡宮看看。因為幕府的儀式和活動主要都在這裡舉行，所以是座經常出現在歷史舞台上的神社；導致源氏血

幡宮へ行ってみよう。幕府の儀式や行事は主にここを中心に行われていたため、歴史上の舞台に何度も登場する神社だ。源氏＊の血を絶やしてしまうことに繋がった悲劇の身内事件もここで起きた。「歴女[3]」と呼ばれる日本史好きの若い女性たちにも人気のスポットだ。

　鶴岡八幡宮への参道は由比ガ浜からまっすぐに北に伸びている若宮大路となる。その大通りに「段葛＊」という一段高い歩道がある。つまり車道の真ん中に歩道があるという珍しい形態で、しかも歩道は車道よりも高い位置に作られているので、隣を走っている車の流れを上から少々見下ろす格好[4]になる。この歩道は鶴岡八幡宮に向かうにつれて、道幅が徐々に狭くなっている。そのため実際の距離より長く見える。海側から攻めてくる敵に「将軍は遠いところにいる」と思わせる遠近法による戦略だそうだ。歩道の両側には桜の木が植えられていて、春になると桜の名所として大勢の花見客が訪れる。

～によって　由～

鎌倉幕府は源頼朝によって開かれた。
鎌倉幕府由源頼朝開創。
奢っていた平家はわずか25年で源氏によって倒されてしまった。
奢侈無度的平家僅僅二十五年就被源氏推翻。

～につれて　越～越～，隨著～

鎌倉幕府は鶴岡八幡宮に向かうにつれて、道幅を徐々に狭くした。それは海側から攻めてくる敵を防ぐための策だったという。
鎌倉幕府越接近鶴岡八幡宮，就越縮小路面寬度。據說這是為了防禦從海上進攻而來的敵人所設計的戰略。
あの女の子は大きくなるにつれて、美人になってきた。
那個女孩越大越漂亮。

脈斷絕的悲劇——家族內亂事件也是在這裡發生。此處對被稱作「歷女」——喜歡日本歷史的年輕女性來說也是受歡迎的景點。

　往鶴岡八幡宮的參道，就是從由比濱筆直向北延展的若宮大路。這條大馬路有段高了一層、名為「段葛」的步道。也就是說，在車道正中央有步道已屬非常罕見，甚而步道還被設在比車道高的位置，形成一種稍稍由上往下俯視奔馳於旁的車流之樣貌。這條步道越接近鶴岡八幡宮，路面寬度就越窄，因此看起來比實際距離還要長。聽說是為了要讓從海上進攻的敵人覺得「將軍在遙遠的地方」所採取的遠近法戰略。步道兩側種有櫻花樹，到了春天便成了賞櫻景點，有許多賞花客至此造訪。

＊註：平姓氏族。平安年代末期，平清盛將平家政權帶到榮華的頂峰，但在壇之浦戰役中，被源家擊敗後滅亡。
＊註：源姓氏族。源賴朝舉兵反抗平氏政權，開府於鎌倉。
＊註：利用葛石（建造神社台基的石頭）堆積，舖設出一層較高於路面的步道。一般指的都是鎌倉鶴岡八幡宮的參道。

1. 語呂合わせ　諧音順口溜。
2. 壇ノ浦の戦い　壇之浦戰役。
3. 歴女　喜歡歷史的女性。
4. 格好　模樣，樣子。

● 42

鎌倉の街を歩いていると、食べ物屋に土産物屋と様々な店が並んでいる。人波に併せてそのまま神社を見たり、お寺に参ったりしてもいいし、ちょっと横の小道に逸れて路地[1]を歩いてみるのもいいだろう。路地によっては、すこし昔にタイムスリップしたような場所もあるが、塀や木戸[2]に囲まれた民家、それに迷子になってしまいそうな細い道がいくつもあるのが特徴的だ。夏の夕暮れ時など、木戸には夕日が差し込み、軒先[3]から聞こえる風鈴の音が心地よい[4]。蝉の鳴き声を聞きながら歩いていると、どこからかほんのりと線香のにおいもしてくる。懐かしい日本の風景がまだここにはある。

鎌倉観光の最大の見所の1つに鎌倉大仏がある。奈良の大仏に次いで日本で2番目に大きく、観光客が

走在鎌倉的街道上，會發現陳設著各式各樣的餐飲店和紀念品店。可以隨著人潮看看神社、到寺廟參拜，也可以走到旁邊的小岔道，在巷中漫步。隨著巷道的不同，有些地方宛若時空穿梭回到過去；被溝渠或門籬圍起的民宅，還有許多似乎會讓人迷路的巷弄都是這裡的特色。夏日黃昏時，夕陽灑入門籬，從屋簷下傳來的風鈴聲聽起來相當舒服。一邊聽著蟬鳴一邊散步時，還會聞到不知從何處飄來淡淡的線香味。這裡還留有著令人懷念的日本風景。

鎌倉觀光中最值得一看的景點之一就是鎌倉大佛。它僅次於奈良大佛，為日本第二大，是座觀光客絡繹不絕的國寶級大佛。大佛裡面是中空的，也可以入內參觀。鎌倉大佛位於距鎌倉站約三站的長谷車站，從鎌倉站也是可以走得到的。不過，連結鎌倉站和長谷站的江之島電鐵是只有兩節車廂的地方鐵道，也是個醞

絶えない国宝の大仏様だ。大仏の中は空洞で、見学することもできる。鎌倉大仏は鎌倉駅から3駅ほど離れた長谷駅にあり、鎌倉駅から歩けない距離でもない。しかし鎌倉駅と長谷駅を結ぶ江ノ島電鉄は車輌が2輌しかないローカル線[5]で、これまた武家の古都・鎌倉の雰囲気づくりに一役買って[6]いる昔ながら[7]の電車だ。

　10キロメートルを34分で走る。沿線には山あり海あり、トンネルあり路面ありと古きよき時代と新しいモノが混在していて、旅情を感じるにはぴったりの電車だ。散策を兼ねた途中下車を含めて、是非とも一度乗ってみることをお勧めしたい。

ないことはない　並不是不～，並非不～

鎌倉の大仏は鎌倉駅から歩いて行けないこともない。
鎌倉大佛從鎌倉站並非走不到。
この修理は時間はかかるが、直せないことはない。
修理需要花時間，但並不是修不好。

～あり、～あり、　有～，有～

人生には山あり、谷あり。少々失敗してもがっかりすることはない。
人生有起有落，不用為了小小的失敗而沮喪。
昨晩のコンサートは歌あり、お芝居ありと、とても楽しい2時間だった。
昨晚的音樂會，有歌唱有戲劇，是非常開心的兩個小時。

醸武家古都・鎌倉氣氛的傳統電車。

　十公里的路途耗時三十四分鐘。沿線有山有海，有隧道有路面，融合了昔日美好的歲月和嶄新的元素，是非常適合感受旅行氣氛的電車。中途下車隨意走走也可，建議一定要搭乘一次看看。

1. 路地　小巷。
2. 木戸　門籬。
3. 軒先　屋簷前端。
4. 心地よい　舒服的，舒暢的。
5. ローカル線　地方線，特定地區的鐵路。
6. 一役買う　幫上忙，承擔一項工作。
7. 昔ながら　一如過往地，傳統地。

©Sanyawadee Shutterstock.com

©KoBoZaa _Shutterstock.com

大
阪
（おお）
（さか）

43

　大阪は日本の中でも独特の雰囲気がある場所だ。中でも「キタ」と「ミナミ」と呼ばれる歓楽街は大阪の中心エリアで、ここにはこれぞまさしく食の都・大阪と言えそうな名物料理がたくさんある。特にその大阪らしさが感じられるのは難波駅周辺の「ミナミ」だ。日本のテレビ番組で大阪を特集する際など、ギラギラ[1]としたネオン街が映し出されることが多いが、それがこの「ミナミ」界隈である。

　そこでまずは数々の飲食店が立ち並ぶミナミの道頓堀へ。道頓堀とは大阪市内を流れる約２.５キロの運河のことであり、道頓堀川沿いの繁華街一帯の総称にもなっている。江戸時代の初期から歌舞伎、義太夫[2]、見世物[3]などを中心に芝居の町として栄えてきた。現在

　大阪在日本是個有著獨特氣氛的地方。特別是被稱作「北區」和「南區」的鬧區，是大阪的中心地帶；堪稱「美食之都・大阪」的特產料理正集中於此。特別能感受到大阪風味的地方，就是難波車站周邊的「南區」。日本電視節目製播大阪特集時，經常會出現的那閃亮亮霓虹燈街景，就是「南區」這一帶。

　接著，我們就先前往大量餐廳林立的南區道頓堀。道頓堀指的是流經大阪市內、約 2.5 公里長的運河，也是道頓堀川沿岸一帶鬧區的總稱。從江戶年代初期起，便是座以歌舞伎、義太夫和雜耍等為主的戲劇之城而繁盛至今。現在也是一個以餐廳為主、各色商店比鄰的鬧區，是大阪的代表性觀光地之一。

　再說到大阪，章魚燒、大阪燒、串炸、烤

でも飲食店を中心に多種多様な店舗が軒を連ねた繁華街で、大阪を代表する観光地の一つだ。

また大阪と言えば、たこ焼き、お好み焼き、串カツ、イカ焼きなどおやつ感覚で食べられる粉物[4]でも有名だが、道頓堀では何でも食べられる。インパクト[5]抜群の看板が並んでいて、実に活気に満ち溢れて[6]いる。あちらこちらから聞こえてくる大阪弁は初めて、という方には少々分かりにくいと思うが、普段学習している日本語との違いを感じてみるのもいい経験になるだろう。

烏賊等點心類的麵粉製食物也是相當有名，在道頓堀可是什麼都吃得到。讓人印象鮮明的招牌櫛比鱗次，真的是充滿活力。第一次聽到四處傳來大阪腔的人可能會聽不大懂，不過試著感受一下和平常所學之日文的差異，應該也是不錯的體驗。

1. ギラギラ　閃亮地，耀眼地。
2. 義太夫　「義太夫節」的簡稱，日本傳統藝術表演的一種。
3. 見世物　雜耍。
4. 粉物　麵粉製的食物。
5. インパクト　強烈印象，衝擊。
　（英：impact）
6. 満ち溢れる　滿出來，滿溢。

これぞ（まさしく）　正是

A：このたこ焼き、おいしいわね。
B：うん。これぞ大阪の味だね。

A：這章魚燒好好吃啊。
B：對啊，這正是大阪的道地風味。

これぞまさしく日本の伝統の技だ。

這正是日本的傳統技藝。

実に　真的，實在

台北の夏は実に蒸し暑い。

台北的夏天真的很悶熱。

数年前に見た大阪城の桜は実にきれいだった。

幾年前看到的大阪城櫻花實在很漂亮。

○ 44

　「ミナミ」に続いて梅田、大阪駅周辺の「キタ」と呼ばれる一帯へ行ってみよう。「キタ」は「ミナミ」よりはやや落ち着いた街だ。ここには夜景で有名な梅田スカイビルがある。このビルの最上階には空中庭園展望台という３６０度のパノラマ[1]が広がっていて、開放感あふれる眺望が楽しめる。

　昼間に行くと、ただのビジネス街にしか見えないが、夜ともなればビルがライトアップされ、幻想的な空間が現れる。空中庭園展望台からの夜景は本当にキレイで、展望台内のカフェで夜景を見ながら、おしゃべりに夢中[2]になるのもいい。

　さて大阪には日本屈指のテーマパーク、ユニバーサルスタジオジャパン（ＵＳＪ）がある。ここはハリウッド映画[3]をテーマにしたアトラクションが多くあり、そ

　繼「南區」後，我們前往梅田以及大阪車站周邊被稱為「北區」的一帶吧。「北區」是比「南區」更優雅從容的街區。這裡有棟以夜景聞名的梅田天空大樓。位於這棟大樓的最高層設有「空中庭園展望台」，360度全景展現在眼前，可以享受充滿開闊感的遠景。

　白天前往時，看起來只是個普通的商業區；但入夜之後，大樓點上燈火，呈現出一個幻想式空間。從空中庭園展望台看到的夜景真的非常美麗，在展望台內的咖啡店一邊欣賞夜景，一邊忘我地聊天也很不錯。

　接著，大阪還有日本數一數二的主題樂園──環球影城（USJ）。這裡有許多以好萊塢電影為主題的遊樂設施，可以透過各種遊樂設施享受電影世界。環球影城經常被拿來和東京迪士尼樂園作比較，但如果單就遊樂設施來說，USJ絕對比迪士尼來得實在。是個驚險

れぞれのアトラクションを通じて映画の世界を楽しむことができる。東京ディズニーランドとよく比較されるが、乗り物に限って言えば、ＵＳＪの方が断然[4]本格的だ。スリルがあって大人でも楽しめる遊園地だ。

混み具合はかなりのもので、連日大勢の人でごった返して[5]いる。一日で回りきれる広さではないので、二日間かけられるといいが、なかなかお金もかかる。若い日本語学習者の皆さんは頑張って朝イチ[6]で入園し、閉園まで丸一日[7]、できる限り多くのアトラクションに乗ってみるのも日本観光の楽しい思い出になると思う。

刺激、連大人也可以盡情享受的遊樂園。

這裡實在非常擁擠，每天都因大量人潮顯得相當混亂。園區面積之廣是一天逛不完的，能花上個兩天的時間是不錯，只是也較花錢。學日文的年輕朋友可以努力一點，一大早就入園，到關門前用整整的一天，遊樂設施能玩多少就玩多少，應該也會成為日本觀光的美好回憶吧。

1. パノラマ　全景裝置。（英：panorama）
2. 夢中　入迷，沉醉。
3. ハリウッド映画　好萊塢電影。
4. 断然　絕對地，堅決地。
5. ごった返す　亂七八糟，雜亂無章。
6. 朝イチ　早上起床後所做的第一件事。
7. 丸一日　一整天。

〜ものだ　實在是〜，真是〜

連休になると、この遊園地の混み具合はかなりのもので、連日大勢の人がアトラクションに長い行列を作っている。

一到連假，這個遊樂園就會非常擁擠，每天都有許多人在遊樂設施前大排長龍。

女：この公園って、確か以前ゴミの山だったところよね。
男：そう言えばそうだね。きれいになったものだね。

女：這公園過去好像是座垃圾山吧。
男：妳這麼一說的確沒錯。變得這麼漂亮了啊！

〜に限って言えば　若單就〜來說

牛肉麺に限って言えば、台北ではやはりこの店が一番だ。

若單就牛肉麵來說，在台北還是這家店最好吃。

乗り物に限って言えば、東京ディズニーランドよりＵＳＪの方が本格的だと思う。

若單就遊樂設施來說，我覺得 USJ 比東京迪士尼來得道地。

45

「お伊勢さん」の愛称で知られる伊勢神宮の歴史は大変古く、内宮と外宮の二つの宮から構成されている。正しい参拝の順序は外宮から内宮の順となるが、車で15分ほどの距離があり、両方ともかなりの広さがある。一日ではとても回り切れる[1]広さではないので、今回は内宮に絞って話を進めて行こう。

内宮の参拝は宇治橋を渡るところから始まる。宇治橋の入口には大きな鳥居があって、内宮に出入りする際には、かならずこの鳥居をくぐる[2]。日本人は無宗教と言われがちだが、やはり心の中では神仏への畏怖の

以「伊勢先生」這個暱稱廣為人知的伊勢神宮，歷史非常悠久，由內宮與外宮兩個宮組成。正確的參拜順序是從外宮到內宮，不過兩地距離約十五分鐘的車程，而且都占地非常廣大。因為範圍寬廣到一天之內實在很難逛得完，所以這次我們就把焦點集中在內宮來介紹。

內宮的參拜從過宇治橋開始。宇治橋的入口有個大型的鳥居，要進出內宮時，一定會從這個鳥居下方鑽過。雖然大家常說日本人沒有特別的宗教信仰，不過，或許是因為心中懷抱著對神佛的敬畏，所以鑽過鳥居時，幾乎所有的人都會深深一鞠躬。

©cowardlion_Shutterstock.com

伊勢

念³を持っているのか、この鳥居をくぐるときは殆どの人が深々と一礼をしている。

さて内宮へ入ると、そこは俗世間とはかけ離れた⁴空気を感じ、背筋がピンと⁵伸びて厳粛な気持ちになる。砂利石が敷き詰められた⁶道を歩いていくと、五十鈴川が見えてくる。この川は水がきれいで、内宮の雰囲気とも相まって、「もし三途の川⁷があるとしたら、こんな感じなんだろうか？」と思ってしまったほどだ。

さらに内宮の奥へと入って行くと、樹齢1000年以上の巨大な杉の木が幾つも現れる。幹の太さは3メートル以上もある。伊勢神宮の樹木は伐採禁止だ。そのため古くからの自然が残っている。宇治橋から15分ほどで、日本神話に出てくる天照大御神を祀っている正宮に到着する。正宮では写真撮影が禁止されているが、たまにルールを守らない観光客が警備員に注意されている。参拝を終えたら、来た道を戻って宇治橋に向かう。

進入內宮之後，可以感受到一股遠離俗世的氣氛，讓人不禁伸直背脊，心生肅穆。漫步在鋪滿砂石的步道上，可以看見五十鈴川。這條河川的水相當清澈，和內宮的氣氛十分契合，不禁讓人覺得「如果真的有冥河的話，應該就是這種感覺吧。」

再往內宮深處走去，會看到幾株樹齡超過千年的巨大杉木，樹幹直徑甚至超過三公尺以上。伊勢神宮的樹木是禁止砍伐的，因此還殘存著舊時的自然景象。從宇治橋出發走十五分鐘，便可抵達供奉著出現在日本神話之天照大御神的正宮。在正宮禁止攝影，但偶爾還是會有不守規則的觀光客遭警衛喝止。參拜結束之後，我們返回來時的路徑，前往宇治橋。

1. 回り切る　逛完，逛透。
2. くぐる　鑽過，穿過。
3. 畏怖の念　敬畏之心。
4. かけ離れる　相離很遠，頗有距離。
5. ピンと　繃直，繃緊。
6. 敷き詰める　鋪滿，全部鋪上。
7. 三途の川　冥河。

～がち　容易～，常常～，動不動就～

雨が降ると、どうしても渋滞しがちだ。
一下雨，就總是容易塞車。
まじめな彼は何でも深く考え込みがちだ。もっと気楽に考えればいいのに。
認真的他不管什麼事都容易想太多，但其實可以放鬆一點去想就好。

～としたら　如果假設～

日本へスキーに行くとしたら、お正月が過ぎてからでないと行けない。
如果要到日本滑雪，得等到過完新年之後才能去。
日本の原子力発電所がすべて止まったとしたら、日本はどうなるのだろうか。
假設日本的核能發電廠全都停止運轉，日本會變成什麼樣子呢？

46

さて宇治橋を出ると、右手に「おはらい町」と呼ばれる伊勢随一[1]の観光名所がある。江戸末期の街並みが再現され、1キロほどの長屋が続いている。長屋といっても二階建ての一軒家で、何と[2]銀行まで江戸様式の建物だ。

道端にはみやげ物店が立ち並び、和菓子から地酒・地ビール、お茶、手作りの木のおもちゃ、食器までと何でも売っている。

食べ物屋もたくさんあるので、食べ歩きが人気だ。お薦めは「チーズ棒」。串に刺さったさつま揚げの中にとろける[3]チーズが入っていておやつ[4]にぴったりだ。他にもタコ焼き、アイス、ラムネと、ついつい[5]食べ過ぎてしまう。おはらい町通りを進むと、「おかげ横丁」という区画が現れる。縁日[6]のお祭りのような雰囲気の場所で、紙芝居、駄菓子屋、うどん屋などがあって、多くの人で賑わっている。

渡過宇治橋後，右手邊是名為「御祓町」的伊勢首屈一指的知名觀光景點。這裡重現了江戶末期的街道景致，有著綿延約一公里的長屋。雖說是長屋，其實是兩層樓的獨戶建築，就連銀行也是江戶時期的建築風格。

路邊林立著紀念品店，從和菓子、當地酒品、當地啤酒、茶、手工木製玩具到餐具，什麼都有賣。

也有很多賣食物的店家，所以大家都喜歡邊走邊吃。在這裡要推薦的是「起司棒」。以竹籤串起的炸魚漿餅中有著入口即化的起司，非常適合拿來當點心吃。此外，還有章魚燒、冰、彈珠汽水，一不小心就會吃過頭。沿著御祓町繼續往前走，可以看到名為「御蔭橫丁」的區塊。這裡的氣氛就像廟會時的祭典一般，有連環畫劇的表演、傳統零食舖、烏龍麵店等等，因為人很多，相當熱鬧。

お土産には伊勢名物の赤福餅はいかがだろうか。やわらかい餅に甘い餡子がたっぷりと乗っている。大福とはまた違った味で、餡子がサラサラしている。スイーツ [7] が好きな方にはきっと気に入って頂けると思う。

〜ので　由於〜，因為〜

すみません。体がだるいので、早退してもいいでしょうか。
不好意思，因為我渾身無力，可以早退嗎？

キャッシュカードをどこかに落としてしまったので、急いで銀行に電話をした。
由於提款卡不知道掉在什麼地方，所以急忙打了電話給銀行。

〜ような　像〜一樣的〜，〜般的〜

あの女の子は人形のような目をしている。
那個女孩有一雙洋娃娃般的眼睛。
彼女はかぜを引いたぐらいで、学校を休むようなことはしない。
她不會只因為得了感冒，就做向學校請假那樣的事情。

若要買伴手禮，不妨購買伊勢名產赤福麻糬，軟綿綿的麻糬中包著飽滿的甘甜紅豆餡。
赤福麻糬的味道和大福不同，內餡相當爽口，我想喜歡甜點的人一定會愛上它。

1. 隨一　首屈一指，第一。
2. 何と　多麼（表示驚嘆）。
3. とろける　融化，溶解。
4. おやつ　點心，零食。
5. ついつい　一不小心，不知不覺。
6. 縁日　廟會，有廟會的日子。
7. スイーツ　甜點。（英：sweets）

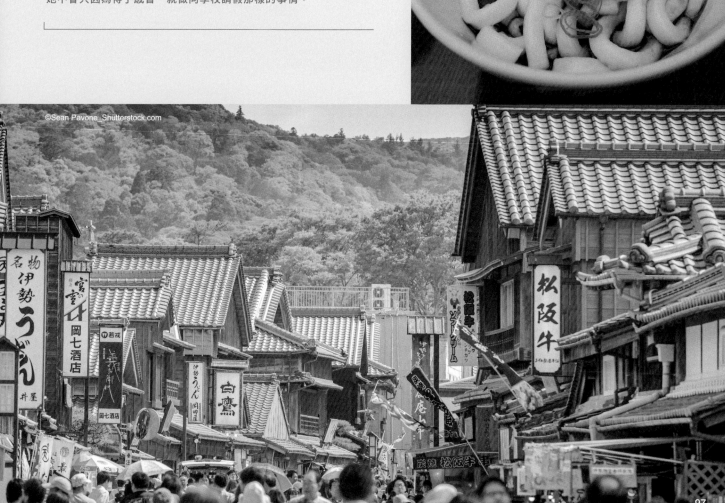

©Sean Pavone_Shutterstock.com

47

島根県は古くは出雲国といい、古事記や日本書紀などの日本神話の舞台になるなど歴史と伝統のある土地だ。そのため伝統文化を伝える史跡が数多く残っている。なかでも特に有名なのが出雲市にある出雲大社だろう。正確には「いずもおおやしろ」というが、こう呼ばれるようになったのは明治4年（1871年）からで、それまでは杵築大社と言っていた。

島根県松江市に居住した文学者ラフカディオ・ハーン（小泉八雲）＊はその著書『神々の国の首都』に出雲大社についてこう書き記して[1]いる。

「出雲は神の国、伊邪那岐・伊邪那美命を今なお祀る、民族揺籃の地である。その出雲の中でも、とりわけ[2]

島根縣古稱出雲國，在古事記或日本書紀中成了日本神話舞台，擁有久遠歷史與傳統，也因此保留許多流傳至後世的傳統文化史蹟。其中最有名的應該就是位在出雲市的出雲大社吧。正確讀音為「Izumo Ooyashiro」，但這其實是明治四年（一八七一年）後的名字，古代稱為杵築大社。

住在島根縣松江市的文學家拉夫卡迪奧・赫恩（小泉八雲）在其著書《諸神之國的首都》中記下這麼一段關於出雲的敘述：

「出雲為神國，至今仍祀伊邪那岐、伊邪那美命，亦為民族搖籃之地。此出雲之中，杵築更格外稱作諸神之都，為擁有日本太古信仰、偉大神道最古老之社的聖地。」

出雲

杵築は神々の都といわれ、日本の太古よりの信仰、偉大なる神道の最古の社[3]を擁する聖地である。」

祀られている神様は大国主大神という縁結びの神様だ。縁結びといっても男女の仲だけではなく、あらゆる良縁や福にご利益があるとされている。

出雲大社の有名な神事[4]といえば、旧暦の10月（現在の11月）の神迎祭から始まる。日本では旧暦10月を神無月と呼び、文字通り[5]神々の不在の月と考えた。神道には八百万の神がいるという概念があり、山川草木にも神が宿っていると考えられている。全国津々浦々[6]の神様が皆こぞって[7]出雲大社に集結し、一年のことを報告しあうというわけだ。そこで神様がみな自分の土地を留守にするので、旧暦の10月は神無月と呼ばれるようになり、逆に出雲では日本中の神々が集まってくるので、神在月と呼んでいる。

©Tang Yan Song_Shutterstock.com

在此祭祀的主神有大國主大神與結緣之神。雖說是結緣但也不限定男女，凡是良緣福氣皆可來此祈求。

說到出雲大社最有名的神事，就是農曆十月（現在的十一月）的神迎祭了。日本將農曆十月稱為神無月，如字面所示是神明都不在的月份。神道教有八百萬神的概念，舉凡山川草木都棲宿著神靈，此時來自全國各個角落的神明會全都湧進出雲大社，來報告這一年的情況。因此神明全都離開自己土地的這個月，才會稱為神無月。相反地，在出雲因集結了來自日本各地的神明，所以將這個月稱為神在月。

～といっても　雖說是～

週末には自分で料理をするといっても、チャーハンを作るくらいです。
雖說週末是自己做料理，但也只是做些炒飯之類的。

簡単な試験だといっても、勉強していかないと、いい点数は取れないですよ。
雖說考試簡單，但如果不好好讀也拿不到好分數。

～というわけだ　照理說～、因此才～

彼女はベジタリアンというわけではない。たまには肉や魚も食べていますよ。
她並不是素食主義者，偶爾還是會吃肉或魚。

＊註：生於希臘的記者、紀行作家、隨筆家、小說家、日本研究家、日本民族學者、英語教師（1850～1904年）。39歲時以特派員身分來日本，之後取得外國人教師的資格，並移居到松江市。與武家女子小泉節子結婚。也曾在熊本市、神戶市執過教鞭。45歲就任東京帝國大學的英文學教師，並於同年歸化日本，改名小泉八雲。以《怪談》一書聲名大噪。

1. 書き記す　記錄
2. とりわけ　尤其，特別
3. 社　神社
4. 神事　神事（神道教的宗教儀式）
5. 文字通り　如字面所示
6. 津々浦々　四處、各個角落
7. こぞって　全都

48

まず旧暦 10 月 10 日の夜に、出雲大社に近い稲佐
の浜で全国の神様を迎える神迎祭が行われ、それから
出雲大社で 1 週間神々の会議がなされる。この間に
神在祭が執り行われる [1]。この伊佐の浜は「日本の渚百
選」に選ばれた美しい浜辺で、弁天島と呼ばれる大岩
がある。その切り立った [2] 岩の上に鳥居と御社が鎮座し
ていて、なんとも不思議な美しい景色になっている。

毎年、神在祭はたいへんな賑わいを見せる。特にこ
の期間中に行われる「縁結大祭」には、良縁にあやか
ろう [3] と全国から参拝者が大勢訪れる人気の行事だ。

在農曆十月十日之夜，出雲大社附近的稻
佐之濱會先舉辦迎接全國神明的神迎祭，接著
一星期內諸神會在出雲大社開會，此期間則會
舉辦神在祭。稻佐之濱是被選為「日本海濱百
選」的美麗海岸，有塊稱為弁天島的大岩石。
在高聳的岩石上築有鳥居與神社，形成不可思
議的美景。

每年神在祭都極為熱鬧。期間內舉辦的
「緣結大祭」更是擠滿了為求良緣來此、來自
全國各地參拜者的高人氣活動。

除了古蹟尋訪外，大家觀光旅行最在意
的，果然還是當地美食。早以出雲名產料理為
人所知的，怎麼說都是出雲蕎麥吧。因為直接
將帶著穀殼的蕎麥拿去磨粉製麵，所以跟一般

さて、名所旧跡の他に観光旅行で気になるものといえば、やはり御当地グルメだ。出雲の名物料理としてつとに名高いのは、なんといっても出雲そばだろう。殻のついた蕎麦の実をそのまま製粉するため、普通の蕎麦と比べて色が黒っぽくて香りが高く、コシ[4]のあるのが特徴だ。食べ方は冷たいまま食す「割子そば」と温かい「釜揚げそば」がある。

割子そばは丸く重なった器に入っていて、葱、海苔、紅葉おろし[5]などの薬味をのせて頂くが、釜揚げそばは茹でた蕎麦を水洗いせずに、とろみのある蕎麦湯につゆを足して頂く。

神在祭が行われる際に、たくさんの屋台が出てそばを振舞った[6]のが釜揚げそばの発祥とされている。そばを水洗いしないのは屋台料理の名残だそうだ。出雲観光の際には是非ともそば店にお立ち寄り[7]になってみては如何だろうか。

蕎麥比起來顏色更黑更有香氣，吃起來嚼勁十足。吃法有冷吃的「割子蕎麥」以及溫熱的「釜揚蕎麥」兩種。

割子蕎麥的吃法是放進圓而厚重的容器裡，綴上蔥、海苔、辣蘿蔔泥等調味佐料。而釜揚蕎麥則是煮過的麵不過冷水，直接放進濃稠的蕎麥湯中並加入麵露來吃。

據說釜揚蕎麥的原型是過去神在祭舉辦時，攤販們請客人吃的蕎麥麵，蕎麥不過水或許就是當時攤販料理保留下來的做法。前往出雲觀光時，還請一定要光臨這些蕎麥麵店。

1. 執り行う　舉行
2. 切り立つ　巍峨、陡峭
3. あやかる　希望像～、祈得
4. コシ　嚼勁、硬度
5. 紅葉おろし　辣蘿蔔泥
6. 振舞う　請客、動作
7. 立ち寄る　靠近、順路去

～なんといっても　怎麼說都～

なんといってもあの子はまだ子供です。少し大目にみてあげませんか。
那孩子怎麼說還是個小孩，也就別太追究了吧。
あの人にはなんといってもパワーがある。この面倒な仕事もきっとやり遂げることだろう。
那個人怎麼說還是很有衝勁，一定會完成這種麻煩工作的。

～つとに　早就～

ここは聖徳太子生誕の地として、つとに有名なところだ。
這裡早就以聖德太子的出生地所聞名了。
焼き饅頭はわがふるさとの名物料理として、つとに知られている。
烤饅頭早就以我故鄉的名產料理而為人所知了。

🔴 49

島根県の県庁所在地である、松江は宍道湖と中海に挟まれた場所に位置しているため、水陸の交通の便が良く、昔から商業都市として発展してきた。松江といえば真っ先[1]に宍道湖を思い浮かべる。宍道湖は日本で7番目に大きい湖で、海水と淡水の混じりあった汽水湖[2]で、漁獲高日本一のしじみ漁で知られている。他にも多くの魚介類が獲れ、松江の御当地グルメに登場している。また早朝の観光遊覧ツアーではしじみ[3]漁の様子が見られる。湖畔にはいくつかの温泉があり、なかでも玉造温泉は平安時代の文献にもその名が見られる古くからの温泉地だ。

島根縣縣廳所在地松江，就夾在宍道湖與中海之間的位置，不只水路交通便利，也發展成繁榮的商業都市。提到松江，最先想到的就是宍道湖了。宍道湖是日本第七大湖，也是淡海水相混而成的汽水湖。除了有日本漁獲量第一的蜆貝類，還能捕撈其他許多水魚，使松江美食相當豐富。早晨的觀光行程可以觀賞捕蜆的情景。湖畔有幾處溫泉，其中玉造溫泉更是見於平安時代文獻的古老溫泉勝地。

與宍道湖同為松江象徵的是國寶松江城。一六一一年築城，地下一樓地上五樓，是山陰地區唯一擁有天守閣的城。塗黑的木板外牆與白灰牆壁形成優美對比，且因為屋頂檐角有如千鳥展翅，所以又有別名「千鳥城」。戰前雖

松江 まつえ

そんな宍道湖と並び松江のシンボルといえるのが国宝松江城だ。1611年に築城された地下1階、地上5階建ての山陰地方で唯一天守閣を持つ城だ。黒塗りの下見板張りと白の漆喰壁の対比が美しく、千鳥が羽を広げたような破風屋根を持つことから、別名を「千鳥城」とも呼ばれている。戦前は国宝に指定されていたが、制度の変更で戦後は重要文化財に格下げされてしまったが、松江市民の努力と探求の甲斐あって、2015年に国宝に再指定された。

松江城から町や宍道湖が見渡せて、その眺望は格別だ。城の周辺は公園になっていて、桜の季節は賑わっている。また、松江城をぐるり[4]と囲む堀川を巡る遊覧船も松江の観光の人気スポットだ。冬には遊覧船にコタツ[5]が据え付けられ[6]、そのユニーク[7]な姿は松江の冬の名物にもなっている。

指定為國寶，但戰後制度變更，降格為重要文化財；現在經由松江市民的長期努力與探求，二〇一五年終得以回報，又重新指定為國寶了。

松江城上可一覽宍道湖與城鎮，景致格外動人。城堡周邊現為公園，櫻花季時非常熱鬧。另外，圍繞松江城的堀川上有遊覽船，也是松江的人氣景點。到了冬天遊覽船上會安裝暖桌，這奇特模樣亦是松江的冬季名景。

1. 真っ先　最先
2. 汽水湖　汽水湖
3. しじみ　蜆
4. ぐるり　周圍、圍繞
5. コタツ　暖桌
6. 据え付ける　安裝
7. ユニーク　奇特

〜ことから　由於〜

あの人はいい健康状態を保つということから、早寝早起きを励行している。

由於他想保持良好健康狀態，所以勵行早睡早起。

私は漫画「ドラえもん」が大好きなことから、友達に「どらちゃん」と呼ばれている。

因為我喜歡漫畫「哆啦A夢」，所以被朋友叫做「小哆啦」。

🔊 50

この松江城から北へ行くと、「怪談」作家で名高い小泉八雲ことラフカディオ・ハーンの旧居がある。ハーンの松江在住は1年2ヶ月ほどだったが、この地で妻を娶る[1]など日本に居住した中では、松江に一番の愛着を持っていたようだ。ハーンの旧居に隣接する小泉八雲記念館は、ハーンが住んでいた当時の建物がそのまま保存されている。

ハーンは松江在住時に島根に関する民間伝承[2]を蒐集し[3]自身の著作に纏め上げた[4]。ハーンの「人柱にされた娘」によると、松江城は築城中に何度も石垣が崩落した。それで人柱が必要だと工夫たちは考え、その進言を聞いた城主は盆踊りを催した。その盆踊りの晩、いちばん踊りの上手な少女を攫い[5]、人柱とした。そうして石垣は完成したのだが、その後、城主とその息子

從松江城往北，有《怪談》一書的作者小泉八雲，也就是拉夫卡迪奧・赫恩的故居。赫恩在松江僅住了一年兩個月，不過他在此地娶了妻子，據說在日本住過的地方中對這裡最有感情。赫恩故居旁便是小泉八雲紀念館，還保留著赫恩居住當時的建築物。

赫恩居住於松江時蒐集了與島根相關的民間傳說，並整理成自己的著作。根據其中一篇〈被做成人柱的少女〉所述，松江城在築城時石牆時常崩落。工人們認為需要以人為柱，而聽進建言的城主便舉辦了盆舞慶典。當晚，城主綁架了跳得最好的少女，並做成人柱。雖然石牆就此完成，但不久城主與其子便猝死，城淪落為無主之城。人們害怕成為人柱的少女作祟，廢置松江城多年，傳聞從天守閣還能聽到少女的哭喊聲。另外，一旦想舉辦盆舞大會，就會發生城劇烈搖晃的怪事，所以最後也都沒有辦成。

が急死。主のいない城となった。人柱になった娘の祟り[6]だと人々は恐れ、城は何年も放置された。天守閣からは娘の泣き声がすると噂がたった。また盆踊りを開こうとすると、城が大きく揺れるという怪事が起こったため、盆踊りは行われなくなった。

現在でも松江の城下町のある区域では盆踊りをしていないそうだ。いかにも怪談作家ハーンが愛した町、松江らしい話で、松江怪談ツアーなるものもあるそうだ。

松江城から少し南へ行くと、湖畔に美術館と公園、それに「嫁が島」という小さな島が見えてくる。この辺りが宍道湖の夕陽スポットだ。島の名の由来は湖に落ちて死んだ年若い嫁の亡骸とともに、この島が浮かび上がってきたという伝説がある。この伝説もまたハーンはその著作に書き記している。雨の多い山陰地方は晴れた日にも湖面には靄がかかり[7]、その靄の中へ沈んでいく夕陽をハーンは「夢の如く柔らかな光景」と讃えた。松江を訪れた際には、宍道湖の美しい夕陽を是非御観賞頂きたい。

〜なるもの　稱為〜、作為〜

大自然において、母なるものは大地だろうか。
在大自然中，可稱為母親的便是大地吧。
最近、セラピーロボなるものが出てきた。
最近有種稱為照護機器人的東西。

〜とともに　與〜一同

雨が降り出すとともに、雷までもが鳴り出した。
才剛下起雨，雷聲便隨之大作。
Ａさんは大学を卒業するとともに、同級生と結婚した。
Ａ先生在大學畢業的同時，就跟同學結婚了。

如今據說松江城下町的部分地區仍然不舉辦盆舞。這故事實在很能代表怪談作家赫恩深愛的城市——松江的特色，聽說還有松江怪談的觀光行程呢！

從松江城稍微往南，便會看見湖畔的美術館、公園，以及名為「嫁島」的小島，這附近是宍道湖的賞夕景點。島名由來則有傳說，過去有年輕妻子墜湖而死，但其遺骸卻與一座小島一同浮起，因而得名。這傳說也記於赫恩的著作中。多雨的山陰地區在晴天，湖面上會籠罩一片霧靄，赫恩讚嘆沉進霧靄中的夕陽為「如夢似幻的柔美光景」。造訪松江時，還請一定要去看看宍道湖的美麗夕陽。

1. 娶る　娶妻
2. 民間伝承　民間傳說
3. 蒐集する　蒐集
4. 纏め上げる　整理成
5. 攫う　奪走
6. 祟り　作祟
7. かかる　覆蓋、籠罩

©Artem Mishukov_Shutterstock.com

四国
し
こく

©unterwegs_Shutterstock.com

51

　香川、徳島、高知、愛媛の四県からなる四国には、空海ゆかり[1]の霊場が８８か所ある。この８８か所を巡拝することを四国遍路、あるいは四国巡拝などといい、地元では巡礼者を「お遍路さん[2]」と呼んで温かく迎えてくれる。

　１０年ほど前になるが、四国を簡単に一周したことがあった。道中、たくさんのお遍路さんに会った。ひたすら[3]歩いて回る人もいれば、自転車で回る人、オートバイで回っている人もいた。単なる観光目的だった私も、数か所の札所[4]でお参りをしたものである。

　由香川、德島、高知、愛媛四縣組成的四國，有八十八座和空海大師頗有淵源的寺院。前往這八十八座寺院巡遊參拜稱作「四國遍路」或「四國巡拜」。在當地，把巡遊參拜的人稱為「遍路者」，並會熱情地迎接。

　大約在十年前，我曾經簡單地巡遊四國一周。旅途中，我碰到許多遍路者。有一個勁兒地徒步巡遊的人，也有騎自行車或摩托車參拜的人。單純只是來觀光的我也參拜了幾座「札所」。

そこで四国は香川県から紹介しよう。香川県といえば、まずは「讃岐うどん」が頭に浮かぶ。２０１１年から「うどん県」と称し、高松空港到着ロビーでも乗客の荷物と一緒に大きなうどんの模型がベルトコンベヤー[5]の上を回っている。ＰＲ[6]の効果もあってか、全国津々浦々からうどん巡りが目的の観光客も増えているらしい。うどんは麺にコシがあっておいしい。値段は平均２５０円ぐらいと安く、ついハシゴがしたくなること請け合いだ。

うどんでおなかが満たされたら、海の神様を祀った金毘羅宮参りもいいだろう。７８５段の石段を上りきった所に本殿があり、晴れていれば讃岐平野が一望でき、瀬戸大橋も眺められる。

讃岐の次は阿波踊りで有名な徳島県。阿波踊りは阿波国と呼ばれていた徳島県を発祥とする盆踊りで、約４００年の歴史を誇っている。夏になるとそれこそ日本中のほとんどの市町村で盆踊りが開催されているが、徳島の阿波踊りは国内最大規模の夏祭りだ。

那麼，我們就從香川縣開始介紹四國吧。說到香川縣，腦海中就會浮現「讚岐烏龍麵」。這裡從二〇一一年被稱為「烏龍麵縣」，在高松機場接機大廳的行李輸送帶上，也有巨大的烏龍麵模型和乘客的行李一起跑著。或許也是因為這樣的宣傳效果，從全國各地前來「烏龍麵之旅」的觀光客似乎也增加了。烏龍麵麵條很有嚼勁，非常好吃。價格便宜，平均約兩百五十日圓，保證你會忍不住想一家接著一家地吃。

用烏龍麵填飽肚子後，不妨也去供奉海神的金毘羅宮參拜。爬盡七八五層的石階後就是本殿，晴天的話可一覽讚岐平原，也可眺望瀬戶大橋。

讚岐之後要介紹的是以阿波舞聞名的德島縣。阿波舞是盂蘭盆舞，發祥自有阿波國之稱的德島縣，擁有長達四百年左右的歷史。一到夏天，全日本幾乎每一個城鎮都會舉辦盂蘭盆舞大會，德島的阿波舞大會是日本國內規模最大的夏日祭典。

1. ゆかり　因緣，關係。
2. お遍路さん　遍路者，巡遊參拜四國八十八座札所的人之通稱。
3. ひたすら　一個勁兒地，一味地。
4. 札所　佛教寺院中，參拜者領取護身符的地方。
5. ベルトコンベヤー　行李輸送帶。（英：belt conveyor）
6. ＰＲ　宣傳。（英：public relations）

〜からなる　由〜組成，由〜構成

俳句は、五・七・五の十七音からなる世界でいちばん短い詩だ。
俳句由五・七・五的十七個音組成，是世界最短的詩。
日本の国会は衆議院と参議院の二つの議会からなっている。
日本的國會由眾議院和參議院這兩個議會組成。

〜か　或許是〜

がんばったかいがあってか、日本語能力試験のＮ３に合格することができた。
或許是努力有了結果，我通過了日語能力測驗 N3。
ここ一週間、湿気が多いせいか何となく体がだるい。
這一個禮拜，或許是因為濕氣很高，感覺有點疲累。

🔵 52

祭りは日本人の生活や文化に深く根ざして[1]いるため、祭りの鳴り物[2]の音を聞いただけで心がうきうきし、郷愁を感じずにはいられない。徳島市内にある阿波踊り会館では、誰でも1年中阿波踊りが楽しめる。また鳴門の渦潮も見所の一つだ。

続いて南国土佐の高知県。高知は街中に椰子の木があったりと、南国の気分が味わえる土地柄だが、幕末を駆け抜けた[3]志士・坂本龍馬の出身地でもある。日本には幕末の歴史ファンが多く、中でも龍馬の人気は高い。

土佐湾に面したところに白砂青松の美しい浜辺がある。月の名所として知られる桂浜だ。ここにブーツを

因為祭典和日本人的生活、文化有很深的淵源，光是聽到祭典樂器的聲音，內心就雀躍不已，不禁感到一股鄉愁。在位於德島市內的阿波舞會館，一年到頭無論是誰都可以享受阿波舞的樂趣。此外，海峽的漩渦也是值得欣賞的地方之一。

接著是南國土佐的高知縣。高知的街道上可見椰子樹，是個可以感受南國氣息的地方，也是幕府末期走在時代前端的志士——坂本龍馬的出生地。在日本有很多幕府末期的歷史迷，特別是龍馬享有非常高的人氣。

面土佐灣處，是一片有著白色沙灘和蔥鬱樹林的美麗海濱，它就是以賞月景點聞名的桂

履いて懐に手を入れ、遠い海の彼方[4]にある未知の世界へ思いを馳せているかのような目をした龍馬の銅像が立っている。もし読者の方で高知へ行く機会があったら、是非とも龍馬の目をとくと[5]ご覧いただきたい。

最後はミカン栽培で知られる愛媛県。観光では松山の道後温泉が有名だ。日本にあまた[6]ある温泉街の中でも屈指の知名度を誇っている。夏目漱石は小説『坊っちゃん』で主人公を温泉の中で泳がせたりしているが、そのモデルとなった温泉がこの道後温泉だ。若き日の漱石はつかの間[7]ではあったが、松山で教鞭を取っていた。その頃の経験をもとに執筆されたのが『坊っちゃん』と言われている。

今では路面電車が走っている街も少なくなってきたが、松山は市内をまだ路面電車が走っている。温泉に入って、路面電車や坊っちゃん列車でのんびり市内を観光、なんて風情のある旅ができそうだ。

～ずにはいられない　忍不住～，不禁～

祭りの鳴り物の音を聞いただけで心がうきうきし、郷愁を感じずにはいられない。
光是聽到祭典樂器的聲音，內心就雀躍不已，不禁感到一股鄉愁。
その映画を見て泣かずにはいられなかった。
看了那部電影，忍不住哭了出來。

～かのようだ　宛如～一般

彼女は年老いた犬をまるで自分の親であるかのように介護している。
她宛如看顧自己的父母一般地照顧年老的狗。
今日は暑くてたまらない。まるで夏に逆戻りしたかのようだ。
今天真是熱得受不了。宛如時光倒流回夏天一般。

濱。這裡矗立著一座龍馬的雕像；他穿著長筒皮靴，手放入懷中，眼神彷彿正恣意地想像著海洋對岸的未知世界。如果讀者有機會到高知，請一定要仔細端詳一下龍馬的眼睛。

最後是以種植柑橘聞名的愛媛縣。以觀光來說，松山的道後溫泉非常有名。在日本的眾多溫泉街中也享有數一數二的高知名度。在夏目漱石的小說《少爺》中，有一段描述主角在溫泉中游泳的情節，書中的溫泉就是以這個道後溫泉為雛形。雖然時間很短，不過年輕時的漱石曾經在松山執教鞭。據說《少爺》便是以當時的經驗為基礎所撰寫的。

現今，街上跑著路面電車的城鎮也越來越少了，不過松山市內還是有路面電車在行走。泡泡溫泉，搭乘路面電車或少爺列車悠閒地在市內觀光，感覺會是個非常饒富情趣的旅行呢。

1. 根ざす　扎根。
2. 鳴り物　樂器。
3. 駆け抜ける　渡過。
4. 彼方　那邊。
5. とくと　仔細地，好好地。
6. あまた　許多地，很多地。
7. つかの間　一剎那，瞬息之間。

○ 53

那覇空港に着陸した飛行機の搭乗口を降り立った瞬
間、少しムワっと[1]した空気が顔にまとわりついた[2]。
まだ飛行場の中だというのに、匂いといい気温といい、
そこはすっかり南国ムードで、どこか台湾に似ている。

距離としては日本本土からよりも台湾のほうが近く、
雰囲気も異国情緒が漂っている。人々の生活を支える
主な産業は観光業だが、観光客の大半は日本人で、海
外からは思ったより少ないらしい。しかし海外からの
観光客の半数は台湾の方々とのこと。こういう話を聞
くと、とても嬉しく思う。

ところで夏場の沖縄に来て、つくづく[3]思うのは、
本土の日本人は海水浴が好きだということだ。本土の
日本人は「夏＝海」、というような志向が強いようで、
夏になると日本中の海水浴場は海水浴を楽しむ人で

從降落在那霸機場飛機的登機口走下來，
一瞬間一股熱氣迎面撲來。雖然還在機場中，
但不管是空氣中的味道還是氣溫，那裡完全就
像身處在南國一般，感覺上和台灣有點類似。

以距離來說，比起日本本土，沖繩離台灣
比較近，在氣氛上也飄散著一股異國氣息。支
撐居民生活的主要產業雖然是觀光業，但觀光
客大多是日本人，從海外來的似乎比想像中來
得少。不過聽說來自海外的觀光客中有一半是
台灣人。聽到這些話，心裡非常開心。

話說，來到夏季的沖繩，讓人深刻感覺到
的是，住在本土的日本人喜歡在海邊遊玩。本
土的日本人似乎強烈認為「夏天＝大海」，一
到夏天，日本全國各地的海水浴場就會擠滿著
享受海邊戲水的人。沖繩一到初夏，就會因以
游泳或潛水等水上活動為目標的人而一連多日
熱鬧滾滾。不過，沖繩人似乎不在大海中游

沖縄
おき
なわ

いっぱいだ。沖縄も初夏ともなれば、海水浴やダイビング[4]を中心としたマリンスポーツ[5]目当ての客で連日賑わっている。だが沖縄の人たちは海水浴をしないらしく、泳いでいるのはたいてい観光客だ。

沖縄定番の観光地といえば、美ら海水族館や首里城などの遺跡巡り、緑豊な亜熱帯の島々などが挙げられる。美ら海水族館は世界有数の大きな水族館で、最大の目玉[6]は「黒潮の海」という水槽だ。深さが10メートルもあり、魚を下から見上げる光景はあたかも海の深くに潜っているかのようだ。この水槽には巨大なジンベエザメ[7]が飼育されていて、その優雅に泳ぐ姿には心を奪われる。

泳，游的大多是觀光客。

　　說到沖繩必去的觀光景點，可列舉出沖繩美麗海水族館、首里城等古蹟巡禮、綠意盎然的亞熱帶島嶼等。沖繩美麗海水族館是全世界屈指可數的大型水族館，最受歡迎的是稱為「黑潮之海」的水槽。水深高達十公尺，從下方仰望魚群的模樣宛如潛入深海一般。這個水槽養了巨大的鯨鯊，牠優雅的泳姿相當吸引人。

1. ムワっと　悶熱地。
2. まとわりつく　纏繞，圍繞。
   （同「まつわりつく」）
3. つくづく　深切地，深刻地。
4. ダイビング　潛水。（英：diving）
5. マリンスポーツ　水上運動。
   （英：marine sports）
6. 目玉　搶手貨，熱門貨。
7. ジンベエザメ　鯨鯊。

～といい～といい　不管是～還是～

沖縄は気候といい食べ物といい台湾に似ているところが多い。

沖繩不管是氣候還是食物，和台灣相似的地方很多。

このデジタルカメラは質といい軽さといい、申し分ない。

這台數位相機不管是品質還是輕盈度，都無可挑剔。

～は～でいっぱいだ　擠滿了～，滿滿的～

休日の映画館は若い人でいっぱいだ。

假日的電影院擠滿了年輕人。

連休初日の今日、高速道路は上下線ともに車でいっぱいだ。

連假第一天的今天，高速公路的來回道路上都是車。

◉ 54

首里城は琉球王国を治め、中国、日本、朝鮮、東南アジアの国々と外交、貿易を展開させてきた琉球王朝の城跡で、現在は「琉球王国のグスク及び関連遺産群」として世界の文化遺産に登録されている。また沖縄の伝統工芸の一つである琉球ガラスの鑑賞もいいだろう。名護市にあるガラス村には色鮮やかな琉球ガラスが一堂[1]に集められていて、ガラス作りの体験もできる。

おしまいは那覇市内にある沖縄らしいグルメについて。賑やかな国際通りの近くにある第一牧志公設市場を覗いてみよう。日本人客の場合、市場の中に豚の頭や豚足がそのまま吊るされているのには驚かされるが、市場の1階で見繕った[2]肉や魚介類を2階の食堂へ持って行き、料理してもらう。料理の多くは沖縄ならではのまぜこぜ[3]料理のチャンプル[4]だ。沖縄の文化も

首里城曾統治過琉球王國，是和中國、日本、朝鮮、東南亞等國展開了外交、貿易活動的琉球王朝之遺跡，現在則以「琉球王國御城及相關遺產群」這個名義被登錄為世界文化遺產。此外，欣賞沖繩傳統工藝之一的琉球玻璃也是很不錯的吧！位於名護市的玻璃村集結了色彩鮮豔的琉球玻璃，還可以體驗玻璃製作。

最後要介紹的是位於那霸市內具有沖繩風味的美食。讓我們來瞧瞧位於熱鬧的國際大道附近的第一牧志公設市場。如果是日本客人，可能會被市場中直接被吊起的豬頭或豬腳嚇到，但可將在市場一樓挑選的肉類或海鮮類帶到二樓的餐廳，請店家烹調。許多料理都是沖繩特有的混合式什錦熱炒。沖繩文化聽說因為它的歷史淵緣的關係而被稱為混合了琉球、東南亞、日本、中國、美國文化和風俗的「多元文化」。

沖縄が持つ歴史的経緯から、琉球・東南アジア・日本・中国・アメリカの文化や風物が入り交じった「チャンプルー文化」と呼ばれているそうだ。

テレビドラマでは沖縄のお年寄りはゆったりとした優しい響きをもった話し方をしているが、市場のおばちゃんたちはドラマとは対照的で威勢[5]がいい。多少強引[6]だが、沖縄の人たちのたくましく生きているパワーがみなぎって[7]いた。

在電視連續劇中，沖繩的老人家的說話方式緩和且輕聲細語，但市場的婆婆們卻和連續劇相反，非常有活力。雖然有些許強勢，但卻充滿了沖繩人堅強旺盛的生活力量。

1. 一堂　一處，一堂。
2. 見繕う　挑選。
3. まぜこぜ [な]　混合的，混雜的。
4. チャンプル　將蔬菜和豆腐等菜料一起拌炒的沖繩料理。沖繩方言，有「混合過的」之意。
5. 威勢　活力，元氣。
6. 強引 [な]　強行的，蠻幹的。
7. みなぎる　充滿，瀰漫。

〜まま　直接，原封不動

市場の中には豚の頭や豚足がそのまま吊るされている。

市場內，豬頭和豬腳就這樣被吊著。

A：先輩、この荷物、どこへ置きましょうか。

B：あ、そのままにしておいて。後で片付けるから。

A：前輩，這行李要放哪裡呢？

B：啊，就這樣放著就好。我等一下再收拾。

〜ならではの　〜特有的，〜獨特的

これは台湾ならではの習慣だ。

這是台灣特有的習慣。

先日、高雄でパパイアミルクジュースを飲んだが、南国ならではのおいしさだった。

前幾天，在高雄喝了木瓜牛奶，這是南國特有的美味。

©FS11_Shutterstock.com

福<ruby>ふく<rt></rt></ruby>岡<ruby>おか<rt></rt></ruby>

55

さて福岡の魅力は何か？まずは刺し身が美味だ。刺し身というと少し値段が張る[1]イメージはあるが、何も高級な寿司屋に行く必要はない。レストランや食堂に「今日のおすすめ」メニューが貼ってあり、たいてい刺し身の盛り合わせ[2]もあるので、迷わずオーダーしてみるといい。

続いてラーメン。定番は博多ラーメンだが、地元の人はラーメンではなく、どちらかというとうどんのほうが好きだという。でもせっかく福岡に来たのだから、やっぱり本場[3]の博多ラーメンが食べたい。ガイドブックなどで有名なのは中洲の屋台街だが、筆者のお薦めは天神だ。天神には若者向けのデパートやショップが集結していて、地元の若者はたいてい天神に行くそうだ。夜になると屋台が出るので、買い物のついでに寄ってみるのもいいだろう。

福岡の観光で有名なのは太宰府天満宮だ。学問の神

福岡的魅力是什麼呢？首先，生魚片很好吃。說到生魚片，總有一種價格偏高的感覺，但不用去什麼高級壽司店。餐廳和食堂會張貼著「本日推薦」的菜單，也大都有綜合生魚片，可以不用猶豫，就點來吃吃看。

接著是拉麵。非吃不可的是博多拉麵，但硬要選的話，當地人比較喜歡的不是拉麵，而是烏龍麵。不過，難得來到福岡，還是想嚐嚐發源自當地的博多拉麵。旅遊書中較為知名的是中洲的小吃攤街，但筆者推薦的是天神。天神集結了以年輕人為訴求對象的百貨公司和商店，當地年輕人據說多半都去天神。入夜之後，小吃攤就會擺出來，也可以趁著購物之便順道去看看。

福岡的觀光景點中，有名的是太宰府天滿宮。這是祭祀學問之神菅原道真公的神社，我高中時也曾在校外教學時造訪。當時，因為即將開始的入學考試準備，心情有點憂鬱。為了讓心情放鬆，理所當然地買了保佑考上的護身符和綁頭巾。

69

様である菅原道真公を祀ってある神社で、私も高校生のとき修学旅行[4]で訪れた。当時は直に始まる受験勉強でちょっと気持ちが憂鬱なときであった。気持ちを楽にしようと、当然のように合格祈願のお守り[5]とハチマキ[6]を買った。

　その甲斐あってか、おかげさまで大学に合格することができた。みなさんも何かの試験を控えて[7]いたら、合格祈願をされてはいかがだろうか。

或許是因為買了這些東西，我很幸運地考上大學。如果各位讀者也準備要應試，不妨到此祈求順利考上。

1. 値段が張る　價格偏高。
2. 盛り合わせ　綜合，拼盤。
3. 本場　發源地，主要產地。
4. 修学旅行　校外教學，見習旅行。
5. お守り　護身符。
6. ハチマキ　綁頭巾。
7. 控える　面臨。

どちらかというと　硬要說是哪一邊的話

姉はどちらかというと、母方の祖母に似ている。

硬要說是哪一邊的話，姊姊比較像外婆。

休みの日は出かけるより、どちらかというと家でＤＶＤでも見ているほうが好きだ。

硬要說是哪一邊的話，假日時比起外出，我比較喜歡在家裡看 DVD。

～甲斐（が）あって　～有了代價，不枉費～

頑張った甲斐があって、日本語能力試験のＮ２に合格できた。

努力有了代價，所以通過了日本語能力測驗 N2 的考試。

今月は苦労した甲斐あって、何とかノルマを達成することができた。

不枉費這個月很拼命，總算達到業績了。

©Em7_Shutterstock.com

©TungCheung_Shutterstock.com

56

福岡最大の祭といえば、5月の「博多どんたく」と7月の「博多祇園山笠」だろう。全国津々浦々[1]から観光客が訪れる。二つの祭りの開催間隔は短いにもかかわらず、これだけ多くの観光客を集めることができるのは、福岡ぐらいしか思い当たらない。

博多どんたくは大規模なパレード[2]が見所だ。どんたく隊と称される幾つもの団体、グループが次から次へと踊りや楽器演奏、それに太鼓叩きなどを披露しながら、博多の明治通りを練り歩く[3]祭りだ。博多祇園山笠の舁き山も迫力満点だ。舁き手と呼ばれる人たちが、大声を上げながら神輿を担いで街中を駆け回る[4]。沿道には早朝から人だかり[5]の山ができる荒々しい男の祭だ。

また秋には「博多秋博」というイベントもあり、能や狂言も見られる。総じて日本の歴史・文化を紹介し

說到福岡最大的祭典，應該是五月的「博多咚打鼓海港節祭」和七月的「博多祇園山笠祭」，會有來自全國各地的觀光客前來造訪。雖然兩個祭典舉辦的時間相隔很短，但還是能聚集這麼多觀光客，這樣的地方我能想到的也只有福岡了。

博多咚打鼓海港節祭的精彩之處在於大規模的遊行。有許多被稱為「咚打鼓隊」的團體、隊伍，接續跳舞、演奏樂器，一邊打太鼓，一邊在博多的明治通遊行。博多祇園山笠的「抬山」也很有震撼力。被稱為「抬山車手」的人，一邊大聲喊叫，一邊扛著神轎（花車），在路上來回奔跑。沿街從一大早開始都是滿滿的人潮，是一個粗野的男人祭典。

而在秋天，會舉行名為「博多秋博」的活動，還可以欣賞能劇和狂言。整體來說會介紹日本歷史和文化，如果可以到處看看，或許可以變成小小日本通。

ているので、あちらこちらを見て回ったら、ちょっとした日本通になれるかもしれない。

イベントを見て回ったあとは、日本の国技である大相撲の観戦はいかがだろうか。11月の大相撲九州場所だ。大相撲は年に東京で3回、大阪、名古屋、福岡でそれぞれ1回ずつの計6回本場所が開催されている。福岡は他の地域と比べると、地元出身の力士へのひいき[6]がすごく、地元力士が登場すると、もの凄い声援が送られる。相撲は日本人でもなかなか観戦する機会は無い。巨漢の大男が頭からガツンと[7]ぶつかる迫力はかなりのものだ。相撲のあとは締めの博多ラーメン。うーん、優雅な休日になりそうだ。

次から次へと　相繼，一個接著一個

いくつものグループが次から次へといろんな出し物を披露してくれた。
好幾個團體相繼表演各種節目。
この店は開店したばかりなのに、客が次から次へとやってくる。
這家店才剛開幕，但客人卻一個接著一個上門。

総じて　整體來說

天候に恵まれて、今年は総じて果物が豊作だ。
因為天公作美，整體來說今年的農作物豐收。
台湾の人は総じてまじめで勤勉だと思う。
整體來說，我覺得台灣人認真又勤奮不懈。

欣賞過博多秋博之後，不妨看看身為日本國技的大相撲，十一月有大相撲九州賽。大相撲一年共計舉行六次正式比賽，東京三次，大阪、名古屋、福岡各一次。相較於其他地區，福岡對當地出身的力士相當偏愛，當地的力士登場時，總是會掀起一股熱烈的加油聲。相撲比賽就算是日本人也沒什麼機會現場觀戰。壯碩高大的男人頭對頭用力衝撞的震撼力相當驚人。看完相撲後以博多拉麵畫上句點。嗯，看來會是個優雅的假日。

1. 津々浦々　各地，各個角落。
2. パレード　遊行。（英：parade）
3. 練り歩く　遊行，緩步前進。
4. 駆け回る　來回奔跑，到處亂跑。
5. 人だかり　人山人海，多人聚集。
6. ひいき　偏愛，照顧。
7. ガツンと　強烈撞擊的模様。

すみませんが、着いたら教えていただけますか。

不好意思，如果到了可以告訴我嗎？

この近くで、どこへ行けばイルミネーションが見られますか。

在這附近，去哪裡可以看到燈飾呢？

往復の搭乗券代は、全部でいくら要りますか。

往返的車票費用，總共要多少呢？

渋谷109に一番近い出口はどこですか。

請問離澀谷109最近的出口是哪個呢？

表参道へはどの地下鉄に乗ればいいですか。

去表參道要搭乘地下鐵的哪一個路線呢？

旅遊實用會話教戰

行

57

文／阿部道宣　譯／YOKO、陳子逸

すみません、一番近くの駅を教えてください。

不好意思，請告訴我最近的車站在哪裡。

ここからどのくらい歩けば横浜港に着きますか。

從這裡步行多久可以抵達橫濱港呢？

散策してみたいのですが、一時間ほどで戻ってこられるコースはありますか。

我想去散步，有可以在一小時左右回來的散步路線嗎？

この辺りの地図が欲しいんですが。

我想要這附近的地圖。

この先でなにか食べられる場所はありますか。

在這之後有可以吃東西的地方嗎？

団子のタレはしょうゆだけですか。

麻糬的醬汁只有醬油口味而已嗎？

この中で一番人気のメニューはどれですか。

這當中最受歡迎的餐點是哪一個呢？

ランチタイムは何時から何時までですか。

午餐時間是幾點到幾點呢？

これは甘いですか、それとも酸味のほうが強いですか。

這是甜的嗎？還是酸味比較強烈呢？

テラス席に空きはありますか。

露天席還有空位嗎？

（寿司屋で）予算 5000 円以内で握ってもらえますか。

（在壽司店）可以幫我做一份預算五千日圓以內的壽司嗎？

ラーメンのスープを少し薄味にしてくれますか。

能把拉麵湯調淡一點嗎？

旅遊實用會話教戰

食

文／阿部道宣　譯／YOKO、陳子逸

58

食事のセットにドリンクとデザートは付いていますか。

套餐有附飲料和甜點嗎？

このランチセットのお寿司、わさび抜きでお願いします。

這個午間套餐的壽司，麻煩請不要放芥末。

今が旬のネタはどれですか。

現在的當令壽司食材是哪一種？

・ホテルまでちょっと時間がかかるので、保冷剤を入れてもらえますか。
因為到旅館要花點時間，可以請你幫我放入保冷劑？

・このお店の商品は免税になりますか。
這間店的商品是免稅的嗎？

・この地域でのみ限定販売のお菓子はありますか。
有只有在這個地區限定販賣的點心嗎？

・このお菓子は、全部で何種類の味がありますか。
這種點心，總共有幾種口味呢？

・日持ちのするお土産ってありますか。
有可以放個幾天的土產嗎？

・お手入れの仕方を教えていただけませんか。
可以請教保存方法嗎？

・割引後の価格はいくらですか。
折扣後的價格是多少呢？

旅遊實用會話教戰

買

文／阿部道宣　譯／YOKO、陳子逸

59

・さっき買ったばかりの服なんですけど、別の色に交換できますか。
這是才剛買的衣服，請問可以換成別色嗎？

・この生地の素材はなんですか。
這件衣服的質料是什麼呢？

・東京のお土産を買いたいんですが、いちばん品揃えが充実しているお店を紹介してもらえますか。
我想要買東京的伴手禮，可以介紹我商品種類最豐富的店家嗎？

Chapter 3

三大傳統玩樂指標

撰文／

科見日語

神谷登　下鳥陽子　李恭子

原口和美　小田早苗　水島利惠

傳統美食

味噌

日本酒

納豆

麻糬

生馬片

刨冰

天婦羅

醃漬物

魚乾

昆布

歷史趣處

溫泉旅館

錢湯

神社

城

歌舞伎

相撲

藝妓

茶道

座禪

塔

典藏精品

風呂敷

陶器

漆器

和服

和紙

切子玻璃

廚刀

梳子

拼接木工

鐵器

傳統美食

71

味噌 _{みそ} ● 60 味噌

原料となる大豆に塩と麹を混ぜて発酵させた日本を代表する調味料の一つです。味噌は、古代中国の「醤（しょう・ひしお）」が起源と言われています。その名前の由来は、「醤」になる前の未成熟のもの「未醤」という説があります。原料の大豆を発酵させることにより、多くの栄養素を含む味噌になります。古くは日本の食生活における貴重な蛋白源で、副食であるおかずとして欠かせませんでした。異なる麹（米や麦）や、発酵の度合い、熟成時間などで様々な色や風味の異なる味噌ができます。また地域により主流となる味噌が異なります。関西では甘口の白味噌、関東では辛口の赤味噌などが好まれるようで、それぞれの郷土料理の特色となることもあります。

在原料大豆中加入鹽與麹攪拌並發酵的日本代表性調味料。一般認為味噌起源自古中國的「醬」，而名字則來自尚未成為「醬」的未成熟「未醬」一詞。大豆發酵後富含營養素，在古代日本的飲食生活中是重要蛋白質來源，也是不可或缺的配菜。不同的麹（譬如米或麥）、發酵程度、熟成時間等都會做出各式各樣顏色與風味不同的味噌。每個地區也有不同的主流味噌，關西喜歡甜的白味噌，關東喜歡較辣的紅味噌，這些都各自成為了當地鄉土料理的特色。

日本酒 72

にほん しゅ
日本酒 ◯61

　日本酒とは、お米、水、麹を主な原料として作られるお酒のことです。日本酒は奈良朝時代（７００年代）には造られていたという記述があり、日本人が古くからお酒を嗜んでいた事がわかっています。日本酒造りに使われるお米は日本酒を造るためだけに作られる「酒造好適米」という特別なお米です。全国各地、色々な種類の「酒造好適米」があります。一般に食べられているお米に比べてタンパク質や脂肪が少ない事が特徴です。また「名水あるところに銘酒あり」といわれるように、日本酒造りにはお水も大切な原料の一つです。お水の美味しさによって日本酒の味が決まるともいわれています。各地の名水で醸された日本酒を飲んで比べる「日本酒の飲み比べ」を楽しむ人も多くいます。

　日本酒是種以米、水、麴為主要原料的酒。古史記載早在奈良時期（七〇〇年左右）就已經有日本酒了，可知道日本人從古時候就喜歡喝酒。用於釀日本酒的米，是只為了製作日本酒所研發，稱為「酒造好適米」的特品品種，在全國各地有許多特色各異的種類。跟一般的食用米相比蛋白質與脂肪較少。此外，如同「名水在則銘酒在」所形容的，釀日本酒時水也是關鍵原料。水好喝與否會決定日本酒的味道。有許多人邊喝邊比較用各地名水釀造的酒，享受品酒的樂趣。

納豆 73

なっ とう
納豆 ◯62

　古くは11世紀半ばの書物に「納豆」の文字が記されていますが、納豆と言えば、主に糸引き納豆のことを指します。近年では海外でも健康食品として人気が高まっています。煮大豆を納豆菌で発酵させるとその過程で納豆キナーゼ等の栄養素が生成されます。血栓を予防したり、整腸作用や抗菌作用もあり、骨にもよく、健康への効果が期待できる上、お手頃価格です。地域により違いはあるものの、日本のスーパー等で市販されている種類や産地の豊富なことにきっと驚かれることでしょう。大粒や小粒、納豆を細かく刻んだひきわり納豆、お菓子感覚のフリーズドライの納豆もあります。今度納豆コーナーでお好みの納豆を見つけてみてはいかがでしょうか。

　古代十一世紀中的書上就曾記載過「納豆」兩個字，而現在說到納豆，主要是指牽絲納豆。近年來在國外也被當作是健康食品，人氣頗高。將煮好的大豆用納豆菌發酵後，在過程中會形成納豆激酶等營養素，不只能預防血栓，還有整腸作用與抗菌作用，對骨質也很好。不只對健康的功效值得期待，價格還很便宜。雖說有地區差異，但單在日本超市可買到的市售種類或產地就多到令人驚嘆。大粒或小粒、把納豆切碎的碎碾納豆、像零食般的冷凍乾燥納豆等等，種類非常多。下次不妨在納豆專區找出自己喜歡的納豆吧。

餅
もち

● 63
麻糬

74

一般的に日本で言う餅は、糯米を蒸したものを粒がなくなるまで搗いたつき餅の事を指します。搗いた餅を、丸くしたり、四角に切り分けたものを煮る、焼く、揚げる等し調理します。味付けは、醬油、みりん、砂糖などで、きな粉、大根おろし、納豆、ゴマ等をからめます。大豆やよもぎを搗き込んだものもあります。古来から日本では、稲作信仰というものがあり、稲から穫れる米は生命力を強める神聖なもので、餅は特に力が大きいとされるため、節句や祝い事には欠かせない縁起物の食材なのです。杵と臼を使って搗く伝統行事は正月の風物詩で、イベントとしても人気です。今では家庭用餅つき器も売られていますが、個包装された切り餅や年末には鏡餅も買えるため、手軽に餅を楽しむことができます。

在日本說到「餅」，一般是指用蒸過的糯米搗到沒有顆粒的糕狀麻糬餅。搗過的麻糬可以切成圓或方的塊狀，用煮、烤、炸等方式烹調。可以沾取醬油、味醂、砂糖等，並灑上黃豆粉、蘿蔔泥、納豆、芝麻等做成多種口味。有些麻糬也會搗入大豆或艾草。自古以來日本即有稻作信仰，取之於稻的米有加強生命力的神聖力量，而麻糬的力量又特別強大，是在節慶或喜事場合不可或缺、帶有吉祥意義的食材。用杵或臼搗麻糬的傳統儀式可說是正月風情，也是人氣活動。現代雖有家庭用的搗麻糬機，不過市面上能買到個別包裝的方形麻糬，年底也能買到鏡餅，隨時都能輕鬆品嚐各種麻糬。

馬刺し <small>ばさ</small> ○64 生馬片 **75**

「馬刺し」の由来は、各地に諸説が多々ありますが、馬刺しの本場である熊本県では、安土桃山時代（1573年〜1603年）に豊臣秀吉の家臣である加藤清正が戦で食べる物が底をつき、最後の手段として馬肉を食べた事から始まったとされており、それが今日の最も有力な説となっています。その後、江戸時代に入り風邪に効く高価な薬膳料理として食べられた後、一般人にも広く食べられる様になりました。しかし、当時は獣肉食を禁止されていたので、役人に見つからないように「馬＝桜」「イノシシ＝牡丹」「鹿＝紅葉」と、隠語で呼ばれていました。これには諸説がありますが、現在でもレストランのメニューに「さくら肉」と記載されている事がありますので、興味のある方は是非、馬刺しの本場である熊本で確認されてみてはいかがでしょう。

「生馬片」的由來眾說紛紜，而在生馬片的主產地熊本縣，傳說起源為安土桃山時代（一五七三〜一六〇三年），豐臣秀吉的家臣加藤清正因戰爭食糧見底，不得已只好吃馬肉，此說成為目前最有力的說法。之後進入江戶時代，馬肉也被當作對感冒有效的高價藥膳料理，最後普及到一般大眾。不過因為當時禁食獸肉，為避免被查緝就以「馬＝櫻」「山豬＝牡丹」「鹿＝紅葉」的暗號來溝通；雖然這也有多種說法，但現今還能看到有些餐廳菜單標示「櫻肉」。若您有興趣，不妨到生馬片產地熊本走一遭，確認看看如何？

かき氷 <small>ごおり</small> ○65 刨冰 **76**

平安時代の頃、特権階級しか口にできなかったかき氷は、明治20年頃から庶民でも楽しめるようになりました。夏の風物詩でもあるかき氷は、トッピングはもちろんのこと、氷の削り具合や氷そのもののおいしさによって味に差が出ます。夏になると、「氷旗」と呼ばれる幟をあちこちで見かけます。夏祭りでは、いちご、メロン、ハワイアン等のシロップをかけたシンプルなものが多いようです。甘味処やレストランでは、宇治金時（餡、宇治茶、練乳、白玉等）、季節の果物のかき氷も楽しむことができます。また、「かき氷器」や「アイスシェーバー」と呼ばれている家庭用氷削器は手動と電動のものがあり、ふわふわに削ることが可能なものも出てきました。トッピングやアレンジも無限大で、家族や友人と手軽に楽しむことができるのも魅力です。

平安時代只有特權階級才能吃到刨冰，到了明治二十年左右庶民也能一同體驗吃冰樂趣了。可說是夏季風物詩的刨冰，除了配料外，冰的刨削方式跟冰本身的味道都會影響冰的口味。到了夏天，可以四處看見稱為「冰旗」的旗幟。夏日祭典時，淋上草莓、哈密瓜、夏威夷等各種糖漿的簡單口味很多。而在甜品店或餐廳，則還能品嚐宇治金時（豆沙、宇治茶、煉乳、白玉團子等）、當季水果等刨冰。另外稱為「刨冰機」或「削冰機」的家庭用機種又分為手動或自動，甚至有可削出雪花冰的類型。配料和各式加工能創造無限種組合，而可以跟家人朋友輕鬆享受涼快時光也是魅力之一。

天ぷら 77

てん
天婦羅 ○ 66

　「天ぷら」とは、魚介類、野菜類などの食材に、小麦粉の衣をつけて、油で揚げた料理のことで、代表的な日本料理の一つです。特に、江戸（東京）の天ぷらが有名で、現在の天ぷらの調理法が広まったのは江戸時代前期で、その後、日本全国へと普及されていきました。現在では、天ぷら専門店のほか、蕎麦屋、日本料理の店などでもよく扱われています。一般的に、海老をはじめとした魚介類や、茄子やかぼちゃなどの野菜類が具材に出されることが多く、食べる時には天つゆ、醤油、塩などが味付けに使われています。さらに、天丼、天ぷら蕎麦・うどんなどの料理もあります。天ぷらは大衆食堂や弁当のメニューとしても使われ、日本では一般的な食べ物です。また、天ぷら専門店では、客の目の前で調理し、揚げたての美味しい天ぷらを食べることができます。

　所謂「天婦羅」，就是把魚貝類、蔬菜等食材裹上小麥粉麵衣再油炸的料理，是具有代表性的日本料理之一。江戸（東京）的天婦羅特別有名，現在的天婦羅料理法從江戸時代前期開始流傳，之後普及到日本全國。今日除了天婦羅專賣店，蕎麥麵店、日本料理店等也常販售天婦羅。食材一般以蝦類海鮮為主，還有茄子、南瓜等蔬菜，品嚐前會沾上天婦羅醬、醬油、鹽等調味。還有天丼、天婦羅蕎麥、烏龍麵等以天婦羅為主菜的料理。在大眾餐廳或便當菜色上也很常看見天婦羅，可說是日本很普及的食物。有些天婦羅專賣店會在客人面前調理、油炸，立刻就能吃到剛炸好的美味天婦羅。

漬物 78

つけ もの
醃漬物 ○ 67

　日本では海水の塩分を利用した「海水漬け」が漬物の始まりといわれ、後に味噌・醤油・酒粕・酢・米ぬかなどに野菜や魚・肉などを漬け込み長期保存を可能にした漬物が全国各地で誕生しました。漬物には、発酵により強い香りを発するものもあり、別名「香の物」「お新香」とも呼ばれています。室町時代の頃には武家たちの豪華な食事の箸休めとしても欠かせないものでした。また日本文化を代表する懐石料理の名脇役ともいえるでしょう。江戸時代の頃になると一般庶民の手に届くようになり、今日でも毎年10月に東京日本橋で開かれるべったら漬けを売る市、「べったら市」もこの頃から始まったと言われています。日本の漬物で有名なものに、たくあん漬け・福神漬け・奈良漬け・らっきょう漬け・梅干などがあります。

　在日本，利用海水鹽分的「海水漬」被認為是醃漬物的始祖，之後便在全國各地產生用味噌、醬油、酒糟、醋、米糠來醃漬蔬菜、魚、肉等，可長期保存的醃漬品。醃漬物透過發酵會散發更濃香氣，所以也有「香物」「新香」等別稱。室町時代，醃漬物是武家的豪華料理中不可或缺的小配菜，在代表日本文化的懷石料理中也是著名配角。直到江戸時代，一般民眾也能取得，如今每年十月在東京日本橋舉辦的醃蘿蔔市集「醃蘿蔔市」，據說也是從這個時候開始的。日本的醃漬物中著名的有蘿蔔乾、福神漬、奈良漬、醃薤菜、梅乾等。

干物 <ruby>干<rt>ひ</rt></ruby><ruby>物<rt>もの</rt></ruby> ◯68 魚乾 **79**

　<ruby>刺身<rt>さしみ</rt></ruby>に<ruby>代表<rt>だいひょう</rt></ruby>されるように<ruby>日本人<rt>にほんじん</rt></ruby>は<ruby>魚好<rt>さかなず</rt></ruby>きと<ruby>言<rt>い</rt></ruby>われていますが、<ruby>生<rt>なま</rt></ruby>だけでなく<ruby>干<rt>ほ</rt></ruby>した<ruby>魚<rt>さかな</rt></ruby>も<ruby>一般<rt>いっぱん</rt></ruby>の<ruby>家庭<rt>かてい</rt></ruby>ではよく<ruby>食<rt>た</rt></ruby>べられています。<ruby>魚<rt>さかな</rt></ruby>は<ruby>水分<rt>すいぶん</rt></ruby>を<ruby>抜<rt>ぬ</rt></ruby>くと<ruby>旨味<rt>うまみ</rt></ruby>が<ruby>増<rt>ま</rt></ruby>し、<ruby>奥深<rt>おくぶか</rt></ruby>い<ruby>味<rt>あじ</rt></ruby>へと<ruby>変化<rt>へんか</rt></ruby>するといわれており、<ruby>凝縮<rt>ぎょうしゅく</rt></ruby>した<ruby>旨味<rt>うまみ</rt></ruby>を<ruby>堪能<rt>たんのう</rt></ruby>するには<ruby>干物<rt>ひもの</rt></ruby>の<ruby>魚<rt>さかな</rt></ruby>が<ruby>一番<rt>いちばん</rt></ruby>です。<ruby>干物<rt>ひもの</rt></ruby>といえば「ホッケ」を<ruby>思<rt>おも</rt></ruby>い<ruby>浮<rt>う</rt></ruby>かべる<ruby>人<rt>ひと</rt></ruby>も<ruby>多<rt>おお</rt></ruby>いかもしれませんが、ホッケは<ruby>鮮度<rt>せんど</rt></ruby>が<ruby>落<rt>お</rt></ruby>ちやすく<ruby>生<rt>なま</rt></ruby>で<ruby>流通<rt>りゅうつう</rt></ruby>させるのが<ruby>難<rt>むずか</rt></ruby>しいため<ruby>多少<rt>たしょう</rt></ruby>の<ruby>日持<rt>ひも</rt></ruby>ちが<ruby>可能<rt>かのう</rt></ruby>な<ruby>干物<rt>ひもの</rt></ruby>が<ruby>適<rt>てき</rt></ruby>しているのです。<ruby>干物<rt>ひもの</rt></ruby>の<ruby>作<rt>つく</rt></ruby>り<ruby>方<rt>かた</rt></ruby>は、<ruby>魚<rt>さかな</rt></ruby>を2<ruby>枚<rt>まい</rt></ruby>におろしたあと、<ruby>塩水<rt>しおみず</rt></ruby>に30<ruby>分<rt>ぷん</rt></ruby>くらいつけ、<ruby>最後<rt>さいご</rt></ruby>に<ruby>水<rt>みず</rt></ruby>で<ruby>塩<rt>しお</rt></ruby>を<ruby>軽<rt>かる</rt></ruby>く<ruby>洗<rt>あら</rt></ruby>い<ruby>流<rt>なが</rt></ruby>します。そのあとは<ruby>風通<rt>かぜとお</rt></ruby>しのよい<ruby>日<rt>ひ</rt></ruby>の<ruby>当<rt>あ</rt></ruby>たる<ruby>場所<rt>ばしょ</rt></ruby>にしばらく<ruby>干<rt>ほ</rt></ruby>せば<ruby>完成<rt>かんせい</rt></ruby>です。<ruby>一日<rt>いちにち</rt></ruby><ruby>干<rt>ほ</rt></ruby>すだけでできる<ruby>半乾燥<rt>はんかんそう</rt></ruby>の<ruby>干物<rt>ひもの</rt></ruby>は、<ruby>一夜干<rt>いちやぼ</rt></ruby>しといわれています。<ruby>最近<rt>さいきん</rt></ruby>では<ruby>家庭<rt>かてい</rt></ruby>で<ruby>干物<rt>ひもの</rt></ruby>をつくるグッズなども<ruby>販売<rt>はんばい</rt></ruby>されており、<ruby>手作<rt>てづく</rt></ruby>りの<ruby>干物<rt>ひもの</rt></ruby>を<ruby>楽<rt>たの</rt></ruby>しむ<ruby>人<rt>ひと</rt></ruby>も<ruby>増<rt>ふ</rt></ruby>えているようです。

　雖說以生魚片為代表可知日本人有多愛吃魚，但除了生魚外曬乾的魚也是一般家庭的日常食品。去除水分後乾的美味會提升，味道變得更有層次，若想品嚐濃縮美味那麼魚乾就是最佳食材。說到魚乾多數人會先想到「花魚」，這是因為花魚容易腐壞，難以運送新鮮花魚，所以只好做成能保存久一點的魚乾。魚乾的作法是，先將魚對切兩片，泡在鹽水中三十分，並用水稍微洗掉鹽巴。然後拿到通風、日曬良好處風乾就完成了。能在一天內風乾完成的半乾燥魚乾稱為一夜乾。最近也能買到家庭用製魚乾器具，所以有許多人開始體驗親手做魚乾的樂趣。

昆布 <ruby>昆<rt>こん</rt></ruby><ruby>布<rt>ぶ</rt></ruby> ◯69 昆布 **80**

　<ruby>昆布<rt>こんぶ</rt></ruby>とは、<ruby>海<rt>うみ</rt></ruby>で<ruby>育<rt>そだ</rt></ruby>つ<ruby>藻<rt>も</rt></ruby>、<ruby>海藻<rt>かいそう</rt></ruby>の<ruby>仲間<rt>なかま</rt></ruby>で、<ruby>昔<rt>むかし</rt></ruby>から<ruby>日本<rt>にほん</rt></ruby><ruby>各地<rt>かくち</rt></ruby>で<ruby>食<rt>た</rt></ruby>べられている<ruby>食材<rt>しょくざい</rt></ruby>のことです。<ruby>例<rt>たと</rt></ruby>えば、<ruby>昆布<rt>こんぶ</rt></ruby>の<ruby>佃煮<rt>つくだに</rt></ruby>（<ruby>砂糖<rt>さとう</rt></ruby>と<ruby>醤油<rt>しょうゆ</rt></ruby>で<ruby>甘辛<rt>あまから</rt></ruby>く<ruby>煮<rt>に</rt></ruby>たもの）はご<ruby>飯<rt>はん</rt></ruby>のおかずに、おにぎりの<ruby>具<rt>ぐ</rt></ruby>（<ruby>中<rt>なか</rt></ruby>に<ruby>入<rt>はい</rt></ruby>っているもの）にと、<ruby>日本人<rt>にほんじん</rt></ruby>の<ruby>日常生活<rt>にちじょうせいかつ</rt></ruby>でよく<ruby>食<rt>た</rt></ruby>べられています。また、<ruby>昆布<rt>こんぶ</rt></ruby>からは「だし（<ruby>昆布<rt>こんぶ</rt></ruby>を<ruby>煮<rt>に</rt></ruby>て<ruby>出<rt>だ</rt></ruby>した<ruby>汁<rt>しる</rt></ruby>）」を<ruby>取<rt>と</rt></ruby>ることができます。その「だし」の<ruby>中<rt>なか</rt></ruby>には、おいしさがたくさん<ruby>入<rt>はい</rt></ruby>っており、「だし」を<ruby>使<rt>つか</rt></ruby>って<ruby>鍋料理<rt>なべりょうり</rt></ruby>や<ruby>茶碗蒸<rt>ちゃわんむ</rt></ruby>し、お<ruby>味噌汁<rt>みそしる</rt></ruby>などの<ruby>美味<rt>おい</rt></ruby>しい<ruby>和食<rt>わしょく</rt></ruby>が<ruby>作<rt>つく</rt></ruby>られます。<ruby>昆布<rt>こんぶ</rt></ruby>は<ruby>和食<rt>わしょく</rt></ruby>には<ruby>欠<rt>か</rt></ruby>かせない<ruby>大切<rt>たいせつ</rt></ruby>な<ruby>食材<rt>しょくざい</rt></ruby>と<ruby>言<rt>い</rt></ruby>えるでしょう。<ruby>昆布<rt>こんぶ</rt></ruby>を<ruby>加工<rt>かこう</rt></ruby>したおやつ「<ruby>酢昆布<rt>すこんぶ</rt></ruby>」も<ruby>有名<rt>ゆうめい</rt></ruby>です。<ruby>昆布<rt>こんぶ</rt></ruby>には<ruby>体<rt>からだ</rt></ruby>にいい<ruby>成分<rt>せいぶん</rt></ruby>がたくさん<ruby>含<rt>ふく</rt></ruby>まれており、<ruby>疲労回復<rt>ひろうかいふく</rt></ruby>や<ruby>消化<rt>しょうか</rt></ruby>を<ruby>高<rt>たか</rt></ruby>める<ruby>力<rt>ちから</rt></ruby>があります。

　昆布是海藻的同類，從以前開始就是日本各地的常用食材。譬如昆布的佃煮（用砂糖與醬油煮成甜鹹味道的調理法）可當作米飯的配菜，也可以直接包進飯糰裡，是日本人的日常食用品。另外昆布還能用來煮「昆布高湯」，高湯內富含許多美味成分，可用來製作鍋物料理、茶碗蒸、味噌湯等美味和食，可說是和食不可或缺的重要食材。加工昆布而成的「醋昆布」也是著名點心。昆布富含對身體有益的成分，可以消除疲勞、幫助消化。

典藏精品

風呂敷（ふろしき）

○ 70 風呂敷

81

昔は戦国時代、風呂で衣服の着脱時、下に敷いていた布から、江戸時代に銭湯ができて以来物を包む布へと用途が変わっていきました。包むものの形や大きさ、またお祝い事や贈り物、冠婚葬祭など使用する場面によって包み方や柄も様々です。最近では環境保護の観点から、また、ファッションアイテムとして新たな注目を集めています。絹、綿、化学繊維など幅広い素材に加え、伝統柄からモダンなものまでと、デザインも豊富です。和装にも洋装にも合う個性的で粋なバッグとして使えるため、海外でも人気が出てきています。なお、包み方やアレンジは、講座、DVDや本で学ぶことができます。みなさんもお気に入りの一枚を探して、無限大のアレンジを楽しんでみてはいかがでしょうか。

過去戰國時代，風呂敷指的原是穿脫衣物時鋪在下面的布，到了江戶時代大眾澡堂興盛後，風呂敷的功用就變成包東西了。按照內容物的形狀大小、或祝賀贈禮、婚喪喜慶等場合，包法與花紋也有所不同。最近以環境保護為出發點或作為一種時尚配件，風呂敷又重新吸引眾人目光。除了絹、棉、化纖等不同原料，設計上也有傳統花紋到當代風潮，花色相當豐富。除了可當包包使用，不論搭配和服、西式服裝都很美觀又有型，所以在國外也頗具人氣。此外，還可從講座、DVD或書本上學到包法或應用方式。您不妨也試著選一塊喜歡的風呂敷，探索多元的應用樂趣吧！

陶器 ●71 陶器 82

　日本料理はまず目で楽しむと言われていますが、料理の盛付けに使われる陶器は、繊細な日本料理の美しさを際立たせる陰の立役者です。華美でないものが多く、"わびさび"が感じられるのが日本の陶器の美しさでもあるのではないでしょうか。陶器は安土桃山時代に茶の湯の影響を受け日本独自の発展を遂げました。現在では信楽焼（滋賀県）、備前焼（岡山県）、丹波焼（兵庫県）、越前焼（福井県）、瀬戸焼、常滑焼（愛知県）が日本六古窯といわれていますが、その他数多くの窯元が日本各地に点在しています。それぞれの土地で採れる粘土の違いから、質感や色にも違いがあるので、いろいろな地方の陶器を比べてみるのも面白いかもしれません。一年に一度「陶器市」が開催される窯元も多く、全国の陶器ファンで賑わいます。

　日本料理有先飽眼福之說，其中用於料理盛盤的陶器，可是襯托纖細而美麗的日本料理背後的功臣。多數陶器都不華麗，讓人感受到「侘寂」也是日本陶器的美之所在吧。陶器自安土桃山時代以來受茶湯文化影響，發展出日本獨有的技術。現在雖將信樂燒（滋賀縣）、備前燒（岡山縣）、丹波燒（兵庫縣）、越前燒（福井縣）、瀬戶燒、常滑燒（愛知縣）稱為日本六古窯，但日本仍有其他許多燒陶產地。從各地土壤製作出來的黏土質感或顏色都有差別，所以比較各地陶器也很有趣。許多產地會舉辦一年一度的「陶器市」，吸引來自全國的陶器粉絲。

漆器 ●72 漆器 83

　漆器は木製の器に漆を塗って作られますが、多くの工程を経て作られるため、1つの器が完成されるまでには大変な手間がかかり、更には職人の巧みな技術が必要とされます。漆器は軽くて熱に強く割れにくいという特徴があり、熱い味噌汁を飲む際には、手で持っても熱くない漆器の汁椀が最適です。天然の漆を使って作られる漆器は、使っていくほどに美しい色合いに変化していき、艶も増していくため、その変化を眺めるのも漆器を使う楽しみです。また、漆器が欠けたりひびが入ったりした場合でも修理を行うことができるため、1つ買えば100年は使うことができるといわれています。輪島塗（石川県）が有名ですが、日本国内には約30箇所もの漆器の産地があります。日常で使われる箸や椀以外に、漆塗りの重箱は正月のおせち料理に欠かせないものとなっています。

　漆器乍看之下只是木器塗上漆所做成，但事實上工程極為繁複，完成一個漆器不只要花費大量時間，更需要專家的精湛技術。漆器輕盈、耐熱、耐摔，喝熱的味噌湯時，最適合選用拿在手上也不燙的漆器湯碗。使用天然漆製作的漆器，用久了顏色會變得更美麗、增添光澤，欣賞這種變化也是使用漆器的樂趣。另外漆器若缺角或裂開的話可以進行修補，所以甚至有人說買一個漆器可用上一百年。輪島塗（石川縣）最為有名，但日本還有其他三十處左右的漆器產地。除了日常使用的筷子或碗以外，塗漆的重箱也是盛裝正月年節菜不可或缺的容器。

和服

○ 73
和服

84

和服とは、日本の伝統的な衣服のことです。また「着物」とも呼ばれています。和服の魅力はなんといってもその美しさにあります。和服には様々な素材や生地があり、またその色や柄も豊富にあります。ですから四季折々にふさわしい和服を楽しむ事ができます。以前は普段着として着用されていましたが、今では和服を日常的に着る人を見かけることは少なくなりました。ですが、今でも冠婚葬祭（七五三・成人式・卒業式・結婚式）時や正装をするときに和服を着ることは一般的です。また夏に着る薄手の木綿の和服を「浴衣」と言います。花火大会や夏祭りといった夏のイベントでは浴衣を着る人も多いです。

和服是指日本的傳統服飾，或稱為「着物」。和服的魅力就在其美麗之中。和服有多種素材與布料，顏色花紋極為豐富，可搭配四季風情選擇適當的和服。以往雖然當作一般衣服穿，但現在日常生活中穿著和服的人已經很少了。即便如此，婚喪喜慶（七五三、成人式、畢業典禮、婚禮等場合）或必須穿正裝時，穿著和服依然普遍。夏天所穿的薄棉和服稱作「浴衣」，許多人選擇在煙火大會或夏日祭典等夏天活動時穿著浴衣。

和紙

○ 74 和紙

85

　楮・三椏・雁皮などの原料を使って、日本古来の製法により作られた手漉きの紙のことを言います。木材パルプを原料として作られる「洋紙」と比較すると、繊維が長いため、薄くても丈夫で独特の風合いがあります。日本家屋では障子やふすまに使用されたり、書画や工芸用など様々な用途に使用されています。懐石料理の食卓では、敷紙として用いられ、「和」の演出に魅力を添えたりすることもあります。丈夫な性質と様々な技術により、いろいろな製品に加工することが可能です。ドレス・アクセサリー・バッグ・照明・家具・文房具など豊富な製品が作り出されています。また最近では、日本国内だけでなく、海外からの旅行客も手軽に楽しむことができる和紙作り体験も大変人気があります。

　使用楮樹、結香、雁皮等原料，透過日本古傳技法製作的手抄紙類。相較於用木漿製作的「洋紙」，和紙因為纖維較長，所以就算薄也很堅韌，且有獨特的紋路。日本民家中的紙門、拉門皆會使用和紙，也可用於書畫或工藝上，用途廣泛。懷石料理的餐桌上就會使用和紙當作餐紙，增添「和」風魅力。憑藉堅韌的特性與多種技術，就能應用在各式各樣的物品上，譬如禮服、飾品、包包、燈具、家具、文具等等。最近不只在日本國內，輕鬆簡單的和紙製作體驗也非常受國外旅客歡迎。

切子

○ 75 切子玻璃

86

　ガラスの装飾加工法の一つで、金属製の砥石を使いガラスの表面に溝や曲面を削り様々な模様を作り出します。主に器などの加工に用いられます。切子の技法を加えた製品には、光の屈折が起こり絶妙な輝きが生まれます。有名なものに、江戸切子があります。古い書物にはイギリス人のエマニュエル・ホープトマンからカット技術を学んだと書かれています。透明のガラスに色の付いた薄いガラスをかぶせた色被せガラスが材料となります。青い瑠璃色は魔除けや幸運を呼ぶと言われ、切子ガラスでも有名です。各地の工房ではこうした切子ガラスを体験できたり、その歴史を学べる所もあるようです。

　切子為玻璃裝飾加工法的一種，是利用金屬製砥石在玻璃表面刮出溝槽或彎曲面做成花紋的技法，主要用在容器上。經過切子技法加工的製品會產生光線折射，帶有絕妙的光輝。其中以江戶切子最為有名，根據記載這是從英國人 Emanuel Hauptmann 身上學到的切割技術。材料是在透明玻璃上蓋上一層染色薄玻璃的素材。蔚藍的琉璃色可以驅邪、帶來好運，是切子玻璃中最有名的顏色。各地工房會開設切子玻璃的體驗教室，還能學習切子玻璃的歷史。

87

ほうちょう
包丁 ○76 廚刀

　包丁とは、食材を切断したり、加工したりするための刃物で調理器具の一つです。大きく分けると、和包丁と洋包丁と中華包丁に分けられますが、ここでは、日本の包丁である和包丁を紹介します。和包丁の種類は約20種類あって、それぞれ使う目的が違います。和包丁の特徴は片刃です。基本的に伝統的な和包丁は片刃で、出刃包丁、刺身包丁、柳刃包丁、薄刃包丁などがあります。そして、食材を美しく、切り口がきれいになるように、かつ、美味しく食べられるように、包丁の切れ味と頑丈さを兼ね備えているのが大きな特徴です。また、和包丁には、肉、魚、野菜と何でもできるような万能包丁はありません。一つの料理や食材、その使い方に特化しているからです。しかし、一般家庭では戦後、肉も魚も野菜も切れる三徳包丁ができて、主流になりました。

　廚刀是用來切斷、加工食材的刀具，也是重要調理器具。大致上分為日式廚刀、西式廚刀、中式廚刀，這邊只介紹又稱和包丁的日式廚刀。日式廚刀約有二十種，使用目的不同，且皆為單面刃。基本上傳統的日式廚刀有出刃廚刀、刺身廚刀、柳刃廚刀、薄刃廚刀等種類。為了能將食材切得美觀、斷面平整，必須兼顧鋒利度與堅固，是日式廚刀的一大特色。日式廚刀中本來沒有什麼都能切的萬用廚刀，因為刀子皆針對單一種料理或食材強化功能。但到了戰後，可以切肉、魚、蔬菜的三德廚刀問世，很快便成為一般家庭的主流了。

88

くし
櫛 ○77 梳子

　櫛の歴史は古く、日本でも縄文時代のころから広く使用されていたようです。素材は骨や木、鼈甲・象牙・金属などがあります。昔の日本女性の髪飾りには、簪や櫛、笄などが使われ、時代や身分により形やデザインも様々でした。このように櫛には髪を梳かす梳き櫛や、髪に飾る差し櫛などがあります。日本髪を結うときや相撲の力士の髪結いには欠かせないものです。硬いつげの木を数か月乾燥させて作るつげ櫛は、使い込むほどに風合いが増し、椿油で手入れを施しながら長く愛用する人もいます。つげ櫛を使うことによって髪につやがでて静電気も起こりにくいので、ヘアケアに一役買うといってもよいでしょう。お六櫛、和泉櫛などが有名です。

　梳子的歷史久遠，日本從繩文時代即廣泛使用梳子了。材料有獸骨、木頭、龜甲、象牙、金屬等。古代日本女性的髮飾有髮簪、梳子、髮笄等，隨著時代與身分，外形與設計也有所不同。梳子有梳髮用、裝飾用等多種，想做出日式髮型或相撲力士的髮結時是不可或缺的工具。用堅硬的黃楊木乾燥數月後做的黃楊木梳會隨著年月更具色澤，有些人會用山茶花油細心保養，一用就是許多年。因為黃楊木梳可增添頭髮光澤，也不容易起靜電，不妨買來保養頭髮吧。御六梳、和泉梳都是著名的黃楊木梳。

よせ ぎ ざい く
寄木細工 89
拼接木工 ● 78

　江戸時代後期に、神奈川県の箱根で始められた木工技術で、色合いの異なる様々な木材を組み合わせ、模様を描く細工を加えたものです。描かれる模様は、日本古来の伝統文様が多いのが特徴で、材料となる木材は、杉・檜・桐など50種類以上が使われます。中には、倒木して土に埋まり長い年月が経ち微妙な色合いになったものが使われることもあります。大変手間のかかる細かい作業を経て、模様のパーツとなる「種木」を作ります。「種木」を組み合わせて「種板」と呼ばれる板状のものを作ります。それを薄く削りシート状にしてほかの物を加工したり、直接細工を加える物など、さまざまなアイテムへと変身していきます。木の色や木目を生かした温かみのある風合いが特徴です。

　此種工藝品起源自江戶時代後期，神奈川縣箱根的木工技術。將顏色各異的各種木材拼湊起來，並描繪出精細的花紋。花紋以日本古傳的紋樣為主，使用的木材則有杉、檜、桐等超過五十種的樹種。有些更使用了埋於土中的倒樹，其木質在長久歲月中會呈現奇妙的色調。經過極其繁複、精細的作業後，就能做出成為花紋零件的「種木」，組合種木便能拼出稱為「種板」的木板。將木板削薄後就能拿去做成其他物品或直接施以加工，變身成多種用具。木頭色澤或溫和的木紋可說是拼接木工最大的特色。

てっ き
鉄器 ● 79
鐵器 90

　食卓で使われる鉄器といえば鉄瓶。戦前までは、鉄瓶が家庭の囲炉裏や火鉢の上に置かれているというのが日常の風景でした。しかし戦後になるとアルミニウム製品に押され、一般家庭で鉄瓶が使われることが少なくなっていきます。その鉄瓶に、近年再び熱い視線が注がれています。鉄器は保温性に優れており、時間が経っても冷めにくいため実用性に優れていること、またシンプルモダンなデザインも人気を博している要因です。海外からの人気も高く、TWGなどの有名なティーサロンでも使われているそうです。鉄瓶といえば、岩手県の伝統工芸品である南部鉄器が有名で、昔ながらの鉄瓶に加え、最近ではカラフルでかわいい鉄瓶もつくられています。鉄瓶で沸かした湯には溶出した鉄分が含まれることにより、鉄分補給にもなり、味もまろやかになるため、おいしいお茶をいれることができるといわれています。

　說到餐桌上的鐵器就是鐵壺了。直到戰前，鐵壺都還是家庭圍爐或火鉢上常見的生活用具，但戰後卻被鋁製品取代，一般家庭就很少使用鐵壺了。到了近年，鐵壺又再次受到矚目。鐵器保溫性能良好，放置長時間溫度也不容易下降，相當實用。且簡樸的現代風格設計也博得廣大人氣，甚至遠傳海外，聽說 TWG 等著名茶館也有選用。鐵壺中最有名的就是岩手縣傳統工藝品之一的南部鐵器了，除了古早風的鐵器外，最近還售有色彩繽紛的可愛鐵壺。用鐵壺煮開的水中含有溶解的鐵質，人體可以藉此補充鐵質，另外因為喝起來味道圓潤，所以可以泡出香醇的茶。

歷史趣處

温泉旅館

おんせんりょかん

温泉旅館 ● 80

©POM POM_ Shutterstock.com

91

火山の多い日本では温泉が多く、古くから温泉療法に関する著書も多く刊行されました。温泉地に長期間滞在し、疾病の温泉療養を行う「湯治」という風習も広まりました。江戸時代頃になると、農閑期に各地の湯治場に湯治客が多く訪れました。その湯治客が宿泊のために利用した施設が温泉宿でした。次第に観光を兼ねた娯楽性の強い短期型へと変化し、一般庶民にも親しまれるようになりました。そのため温泉資源が豊富な地域では温泉宿が多く存在するようになりました。そんな温泉街では利用者に浴衣や羽織を貸し出す旅館もあり、館内の廊下や宴会場はもちろん、そのまま外出することも可能で、服装を制限されるホテルとは大きく異なる点でもあります。中でも温泉旅館は客室が和室であることが多く、和の風情を感じることができる貴重な存在といえます。

多火山的日本溫泉也多，在古代就發行過多部關於溫泉療法的書籍。長期駐留溫泉地，透過溫泉進行疾病療養的「湯治」風氣也隨之拓展開來。到了江戶時代，農閒時期的各地湯治場就會有許多湯治客湧入，而這些湯治客住宿的地方便是所謂的溫泉宿。溫泉宿後來逐漸以觀光為主，發展成具有娛樂性質的短期旅店，更加親近一般庶民的生活。擁有豐富溫泉資源的地區自然也開設了許多溫泉宿。有些溫泉街的旅館會出借浴衣或羽織給入住者，不只是旅館內走廊或宴會廳，也能直接穿上街，與限制服裝儀容的飯店大不相同。溫泉旅館的客房多為和室，是能徹底享受日本風情的貴重存在。

銭湯

せんとう

◎ 81 銭湯

92

　日本人は昔から一日の疲れを癒すため、多くの人が入浴を好みました。そのため街中で入浴を営業とする銭湯が増えていきました。当初の銭湯は男女混浴で、庶民や下級武士たちの娯楽・社交の場として機能していていました。庶民は、薬草を焚いて入る蒸し風呂タイプの「風呂屋」を利用することが多かったようです。他に浴槽に湯を入れるタイプの「湯屋」もありました。江戸時代末期ごろでも多くの庶民は自分の家に風呂を持つことが経済的に困難だったため、公衆浴場である銭湯での入浴が一般的でした。明治時代ごろになると、天井が高く、広く開放的な銭湯が流行しました。男女混浴は禁止されましたが、銭湯は都市の発展や、衛生観念の向上とともに大流行しました。しかし、一般家庭に風呂付住宅が増えたことや、大型入浴施設が増えたことにより、次第に利用客と軒数が減少しています。

　日本人從前為了紓緩一日下來的疲倦，多數人都喜歡入浴泡澡，因此街上就多了以入浴為主要營業項目的錢湯。一開始錢湯皆為男女混浴，是庶民與下級武士進行娛樂與社交的場所。庶民多利用焚燒藥草的蒸氣浴式「風呂屋」，或浴槽中放進熱水的「湯屋」這些設施。到了江戶時代末期，多數民眾經濟上難以在自家中設置浴室，所以平時都前往錢湯這種大眾浴場。明治時代流行的是天花板挑高，具有廣闊開放感的錢湯。雖然後來禁止男女混浴，但在都市發展、衛生觀念的提升下錢湯也更加流行。然而近代隨著一般住家多附有浴室、大型入浴設施增加，錢湯的數量與來客數便漸漸減少了。

神社

じんじゃ

◎ 82 神社

93

　神社とは、日本の民間信仰（神道）の神様を祀っている建築物で、祭祀や信仰の組織の意味もあります。神社の入り口には鳥居があり、入る時は一礼をしてからにしましょう。参道がある場合は端を歩きましょう。真ん中は神様が通る道と言われているからです。そして、手水舎で手と口を清めます。社殿では、通常は「二拝二拍手一拝」という方法で参拝しますが、神社によって違う場合があります。略式参拝は、1. 一礼します 2. 賽銭箱に賽銭を入れます 3. 鈴を鳴らします 4. 深く2回礼をします（二拝）5. 手の平を合わせて2回叩きます（二拍手）6. 深く1回礼をします（一拝）。神社本庁に属する神社は全国で約8万社あって、伊勢神宮（三重県）、出雲大社（島根県）、熱田神宮（愛知県）など参拝客が多い神社が全国各地にあります。

　神社是日本民間信仰（神道教）中祭祀神明的建築物，亦有祭祀、信仰組織的意思。神社的入口設有鳥居，入社前先向神明敬一次禮吧。若社內有參道，請走在參道兩側，因為據說中間是神明行走的通道。接著在手水舎清潔手部與嘴巴。在社殿前，一般以「二拜二拍手一拜」的方式參拜，不過部分神社的規定略有不同。簡略的參拜方式為：一、先鞠躬一次，二、將香油錢放進賽錢箱，三、搖響鈴鐺，四、深深二鞠躬（兩拜），五、拍掌兩次（兩拍手），六、深深一鞠躬（一拜）。隸屬神社本廳的神社在全國共有八萬多社，如伊勢神宮（三重縣）、出雲大社（島根縣）、熱田神宮（愛知縣）等香客眾多的神社亦遍佈日本各地。

城
しろ

○83
城

94

姫路城

熊本城

犬山城

松本城

彦根城

城とは、堀や石垣をまわりに築いて敵の攻撃を防ぐ建造物のことです。戦国時代の初期は、山に作られた城が多かったです。それは領主が外敵に攻め込まれた時、要害堅固な山城にこもって防衛拠点としたからです。戦国時代の中期以降は、政治・経済の中心地として小高い丘や平地に築かれ、その周りに城下町ができ、建物も天守を中心とした堅固なものになりました。天守とは、その城の本丸と呼ばれる建物の最上階のことです。城主の指揮所の役割をし、接見・物見櫓・貯蔵の機能もあります。現存する天守がある城は 12 あります。何といっても、城の魅力は、その歴史と美しさでしょう。「城めぐり」の人気の上位には、姫路城（兵庫県）、松本城（長野県）、熊本城（熊本県）、犬山城（愛知県）、彦根城（滋賀県）などが毎年選ばれています。

所謂「城」是指在周圍築起深溝或石牆，防禦敵人攻擊的建築物。戰國時代初期，多數城建在山上，這是因為當敵方攻進領地，領主可以退守固若金湯的山城以作防禦據點之故。戰國中期後，城則多建在政治、經濟中心地的小丘或平地上，周圍建起城下町，同時以天守為中心建造堅固屋宅。所謂天守指的是稱為本丸的建築的最上層。除了城主可在這坐鎮指揮，兼有接見、瞭望、儲藏的功能。現存還留有天守的城共十二座。城最大的魅力，在於其歷史與美麗吧。每年的「名城巡禮」中最受歡迎的有姫路城（兵庫縣）、松本城（長野縣）、熊本城（熊本縣）、犬山城（愛知縣）、彦根城（滋賀縣）等。

歌舞伎 95

かぶき

◦84 歌舞伎

©J. Henning Buchholz_Shutterstock.com

歌舞伎は約400年前にできた芝居で、セリフ、音楽、舞踊が一体となっています。能や狂言、文楽などと共に日本の伝統的な舞台芸術です。歌舞伎の芝居は、古い歴史や物語などで、現在の歌舞伎の演目は大きく分けると時代物と世話物があります。時代物は主に合戦を描いた軍記物や武士を描いたもので、世話物は江戸時代の町人の話であり人情味あふれる内容です。江戸時代から歌舞伎役者は男性のみになって、女性を演じる男性を「女形」と呼びます。また観客が、出演している歌舞伎役者に、その役者の屋号の掛け声をかけることもあります。舞台には「花道」という通路があり、役者はそこを通ったり、立ち止まって演技をしたり、迫力満点です。歌舞伎を見る場所は、東京なら歌舞伎座、新橋演舞場、関西は京都南座、大阪松竹座などがあります。

歌舞伎發源於約四百年前，是種集口白、音樂、舞踊為一體的戲劇。與能、狂言、文樂等同樣都是日本的傳統舞台藝術。歌舞伎的內容多為古老的歷史或故事，而現在歌舞伎的劇目大致分為時代物與世話物。時代物主要是描寫戰爭的戰記或武士的傳說，世話物則是江戶時代富有人情味的市井小民故事。從江戶時代起歌舞伎演員就全是男性，飾演女性的男性稱為「女形」。觀眾對出演的歌舞伎演員一般用演員的屋號來稱呼他。舞台上有條稱為「花道」的通路，演員會穿過花道或停留在此演戲，極具魄力。想欣賞歌舞伎可前往東京的歌舞伎座、新橋演舞場，或關西的京都南座、大阪松竹座等地。

相撲 96

すもう

◦85 相撲

©Kobby Dagan_Shutterstock.com

相撲は《日本書紀》（日本最古の正史で720年完成）に記述されている「宿禰」と「蹴速」という二人の力くらべが起源だとされています。当時、垂仁天皇がこの力自慢の二人を呼び寄せ、対戦させた「捔力」（その時代の相撲）により「宿禰」が勝利し領地を賜り、天皇に仕えたと記されており、また《古事記》にも「国譲り神話」として記載されています。その後、農作物の豊作祈願などの祭事を経て、現在の相撲へと受け継がれています。明治時代に入り、鎖国解除した後に日本を訪れた外国人に当時の武士や町人の髷（頭髪を結う事）を嘲笑された事により、維新政府から断髪令が発令され、髷を切るように勧められましたが、相撲の「力士」だけは除外されました。約1300年の歴史を途絶える事なく脈々と現代へと受け継いでいる相撲を考えると、更に味わい深いものがありますね。

一般認為相撲源自《日本書紀》（日本最古老的正史，完書於七二〇年）中，名為「宿禰」與「蹴速」兩人的力氣比劃。當時垂仁天皇喚來對自己力量相當有自信的兩人，命其進行「捔力」（當時的相撲），最後宿禰獲勝，受封領地並效命於天皇。《古事記》中也記載著「讓國神話」。這種比力氣的活動之後成為祈求農作物豐收的儀式，並流傳到今日的「相撲」。進入明治時代，解除鎖國後，由於當時來訪日本的外國人時常嘲笑武士或人民的髮髻，所以維新政府發布了斷髮令令民眾剪掉髮髻，但惟有相撲力士不在此範疇。想到綿延至現代一千三百年未曾中斷的相撲歷史，更有值得深思之處。

げいぎ 芸妓 ○86 藝妓 97

芸妓というのは、唄や三味線、日本舞踊、話芸などの芸事で客をもてなす女性のことです。顔を白く塗り、頭にかんざしを挿し、着物を着た姿は世界的にも有名です。京都では「芸妓」と呼ばれていますが、他の地域では「芸者」とも呼ばれています。芸妓になるためには、「舞妓」として5〜6年ほど修練を積まなくてはいけません。その間、舞妓は昼は唄や三味線、舞の勉強をしながら、夜はお座敷に出て、お客さんをもてなす練習を重ねていくのです。それでやっと一人前の芸妓になる事ができるのです。芸妓の「妓」とは「技」を持った「女」という意味の漢字で、芸と教養を持った女性に敬意を払う意味でつけられた名称です。

所謂藝妓，指的是利用歌唱、三味線、日本舞踊、話藝等才藝招待客人的女性。臉頰塗白、插上髮簪、穿著和服的樣子是聞名於世的形象之一。在京都稱為「芸妓」，其他地區有時也稱作「藝者」。為了成為藝妓，必須要先以「舞妓」身分修行五〜六年，其間舞妓白天學習唱謠、三味線、舞蹈，晚上則出席宴會，練習如何招待客人，不辭辛勞才能成為獨當一面的藝妓。藝妓的「妓」字象徵擁有「技」藝的「女」人，是對才藝與教養良好的女性表示敬意的名稱。

さどう 茶道 ○87 茶道 98

茶道は、「茶の湯」ともいわれ、亭主が客を招きお茶を点ててもてなす儀式です。おいしいお茶を楽しむために、お茶だけでなく、道具、茶碗、お菓子、茶室に活ける花などにこだわり、季節を感じてもらえるような演出をします。茶の湯は織田信長、豊臣秀吉の時代には武士の政治的手段として用いられていましたが、江戸時代ごろから大衆にも広がっていきました。茶道には「濃茶」と「薄茶」がありますが、一般的に知られている茶筅で泡立てて飲まれるのが薄茶（「おうす」とも言う）で、薄茶をいただくにもたくさんの作法があります。茶道で使われる抹茶ですが「碾茶」という緑茶を挽いたものであり、直射日光を遮る方法で栽培されます。そうすると、薄くてやわらかい茶葉が育つのです。高級なものほど苦みが少なく甘みが感じられるそうです。

茶道又稱「茶之湯」，是亭主泡茶招待客人的儀式。為了品嚐好茶，不只茶要講究，還得講究道具、茶碗、茶點、插於茶室的鮮花等，讓來客感受到季節風情。茶之湯在織田信長、豐臣秀吉的時代是武士的政治手段，但到了江戶時代則開始普及到民間。茶道有「濃茶」與「薄茶」，常看到用茶刷攪拌出泡沫的是薄茶（或稱「御薄」），飲茶時則有許多規矩。用於茶道的抹茶是用稱為「碾茶」的綠茶磨製而成的粉末。碾茶以避免日光直射的方法栽培而成，如此就可培育出味道淡薄且柔和的茶葉，據說越是高級的茶苦味就越少，越能品味其甘甜。

座禅 ⊙88 座禅 99

　座禅とは、仏教の修行の一つで、座布団の上であぐらをかいて姿勢を正しながら、精神統一をするというものです。現在では、多くのお寺で宗教・宗派関係なく初心者でも参加できる座禅会が開かれています。もちろん外国人も参加が可能です。精神鍛錬の一環として、座禅をする人が増えています。一回の座禅は約４５分から１時間くらいで、あぐらをかきながら目を閉じて心を落ち着かせて精神統一をします。集中が乱れた者は警策と呼ばれる棒で背中を打たれます。座禅というと少し厳しそうな印象がありますが、15〜20分の間ただ静かに椅子に座るだけという初心者向けの座禅もあります。

　座禪是佛教的修行之一，修行者盤腿坐在坐墊上，保持端正姿勢以求集中精神。現在無關宗教門派，許多寺廟都會舉辦初學者也能參加的座禪會，當然外國人也能參加。作為精神鍛鍊的一環，進行座禪的現代人正在增加中。座禪一次約需四十五分鐘至一個小時，座禪者盤起雙腿、閉上眼睛，保持心靜讓精神穩定集中。不夠專注的人會被稱作香板的棒子擊打背部。雖然座禪給人頗為嚴肅的印象，但也有只需靜坐在椅子上十五〜二十分鐘適合初學者的座禪方式。

塔 ⊙89 塔 100

　都会に高くそびえたつ塔で記憶に新しいのは、東日本大震災を乗り越え華やかに開業した東京スカイツリーです。その他、東京タワー、さっぽろテレビ塔、名古屋テレビ塔、通天閣など、多くの塔が全国に点在していて、高さや開業時期はまちまちですが、展望台、電波塔や商業施設（レストランやショップ等）、ライブやイベント会場の設備や機能を有しています。時代時代に合わせリニューアルや斬新な企画で今でも人々を魅了しています。近年では、洗練されたライトアップが施されるなど、各地域のイメージ、季節や各行事に合わせて都会の夜を彩り、見るものを楽しませてくれます。おしゃれな希望のシンボルとも言えるでしょう。塔に並んで、皆さんお馴染みの横浜ランドマークタワー、最近では、あべのハルカスや虎ノ門ヒルズなどの超高層ビルも人気です。

　在大都會中矗立的高塔裡，最讓人記憶猶新的應是平安渡過東日本大震災、華麗開幕的東京晴空塔吧。其他還有東京鐵塔、札幌電視塔、名古屋電視塔、通天閣等高塔。雖然高度與開幕時間都不同，但多半都具有觀景台、電波塔、商業設施（餐廳或商店等）、演奏會或活動會場的設備與機能。迎合時代變遷重新裝潢或展開新企劃，至今仍吸引民眾前往。近年來各座塔打上洗鍊的燈光效果，積極配合各地區的印象或季節、節慶點綴都會夜晚，令人飽覽夜色風光，可說是時尚的希望象徵吧。除了塔之外，各位熟悉的橫濱地標大廈、新開幕的阿倍野 Harukas 和虎之門 Hills 等摩天大樓也很受歡迎。

後記　台灣的回憶

文／新井健文

　　小学生の時、日本から台湾に引っ越しをした。それまでなに不自由なく暮らしていた生活は一変し、何かと言葉の不自由を感じるようになった。そんな息子の将来を案じたのか、母は息子を近所の英語塾に通わせ始めた。日本語以外、一切わからなかった私は、中国語で英語を習うという貴重な体験をすることになる。一気に２ヶ国語を学べるという訳だ。

　　今でこそ貴重な体験であり、現在大いに役立っているが、当時の私としては言葉の通じない英語塾へ通うことは億劫で、あまり乗り気がしなかった。ホワイトボードに書かれた英単語の意味を、先生が熱心に中国語で説明している。しかし初めはさっぱり意味のわからなかった英語と中国語だったが、通っているうちに少しずつ意味が推測できるようになり、「きっとこんな事を言っているに違いない。」とアタリを付けられるようになってきた。勿論、正確に意味を理解していた訳ではないが、大体の意味は合っていたようである。結局、英語塾には５年間通い、英語と中国語の簡単な日常会話は出来るようになった。

　　しかしながら、元来熱心に勉強をしない私は、日本に帰国すると、あっという間に中国語は忘れてしまった。月日は経ち、大人になって就職をすると、会社の同僚達からは台湾に住んでいたということだけで、中国語が出来ると勘違いされ、仕事で台湾や韓国、シンガポール、マレーシア、オーストラリアなどへの出張を命じられるようになった。久しぶりに日本語が通じない環境に身を置くと、英語塾の記憶が甦る。「昔取った杵柄」ではないが、出張先で英語と片言の中国語でコミュニケーションを取ってみると、意外や意外、何とか通じるのである。３日ほど中国語のシャワーを浴び続けていると、完全に忘れたと思っていた中国語や台湾語までが出てくる。何とも不思議なものだ。

　　日本に帰国してもうすぐ２０年が経つ。台湾での楽しい思い出はたくさんあるが、最も印象に残っているのは英語塾の記憶である。そういえば先日、マレーシアで中華系の人から「あなたの華語は台湾訛りが強いですね。」と言われ、何だか嬉しくなった。あの英語塾で覚えた中国語は、まだ私の中にしっかりと根付いていたのだ。

　　我還是小學生時，從日本搬到了台灣。至今為止毫無困擾的生活徹底改變，最先感受到的就是語言不通的不便。不知是否擔心這兒子的將來，家母便讓我去上附近的英語補習班。除了日語什麼都不會的我，突然有了用中文學習英語的珍貴體驗。這下子一口氣就能學到兩種語言了。

　　到了現在這經驗顯得珍貴，也對我很有幫助，但當時的我實在百般不願去上語言不通的補習班，顯得興趣缺缺。當時老師也熱切地用中文說明寫在白板上的英語單字。不過一開始完全不懂英語與中文的我，隨著上課時間的累積，也漸漸能推敲出老師的意思，開始能夠了解「老師所說的一定是這個意思吧」。當然，其實我並沒有精準地了解字詞的意思，但還是能掌握大致上的含意。結果上了五年的英語補習班，我也可以用英語與中文進行簡單的日常對話了。

　　但原本就不愛讀書的我回到日本後，很快就忘了中文。時光流逝，當我成為大人就職後，公司的同事們知道我曾在台灣住過，以為我會中文，便把我派到台灣、韓國、新加坡、馬來西亞、澳洲等地出差。許久未置身在日語不通的環境時，我就想起當時在補習班的記憶。雖稱不上「寶刀未老」，但在出差處試著用英語與片段的中文溝通後，真令人意外，竟能彼此會意。三天內完全置身在中文環境，本以為完全忘掉的中文，甚至連台語都說出口了。這還真是不可思議。

　　回日本快要二十年了。雖然在台灣有許多快樂回憶，但最深刻的還是英語補習班的記憶。說起來前幾天，在馬來西亞被華人說「你的中文有很濃的台灣腔」，這令我頗是高興。到今日在那間補習班學到的中文，還深深紮根在我的心中。

Nippon所蔵